ゆっけ

人魚公主掉到酒海裡

酒村ゆっけ、
Sakamura Yukke,
黃詩婷—譯

這個故事是當我陶醉於酒精中的時候，浮現在我眼前的影像，而我就這樣把它們寫了下來。

他們都是有些不完美的主角。雖然希望自己能夠從痛苦生活的狀態下得到解脫，卻又不想從醉意中醒來，這兩種想法互相撞擊以至於無處可去，而誕生的奇妙故事。

——酒村ゆっけ、

CONTENTS

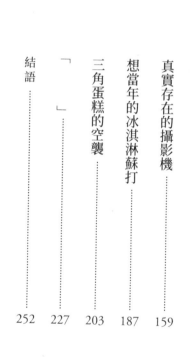

口紅子彈

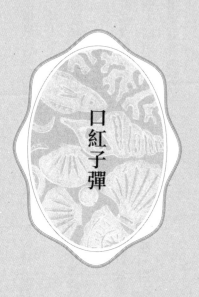

小文天生肌膚白皙又纖細，是個看起來總有些沒自信的溫柔女孩。

她在百貨公司地下一樓、如此眼花撩亂的各式各樣化妝品之中挑中了我。

在多得像是社區公寓林立般的品牌之間，對品牌一無所知的小文像是被吸過來一樣走來我的面前。

鮮豔而散發成熟魅力的大紅色、帶點濕潤的光澤感以及淡淡的薔薇清香。

我讓許多女性的唇上綻放出花朵。我希望那些思量著「我想變漂亮、我希望那個人回頭看我、我想要喜歡自己」的女性，都能夠更加有自信，因此已經過了好幾輪這個人生。

一開始小文就像是初踏上這片土地般躡手躡腳、形跡可疑，惶惶不安地眺望著一字排開的化妝品們。

一位任誰都能憑她身上閃爍的徽章一眼認出是名老手、社交手段高明的美容部員工女性向她搭話：「我想這個顏色一定非常適合您哪，或者您有特別想找什麼東西呢？」那種拉長語尾說話的方式非常獨特，她的嘴角也用力上揚。眼神閃爍著絕不會讓獵物逃走的光芒。

「呃，那個……我也不知道要買什麼……」小文眼神閃爍著，「我想試試看這個口紅！」匆忙之下她伸手抓起的便是我。

小文上個月生日，剛滿二十五歲。

她在週末會做做家事、在公園附近的咖啡廳捧著印度奶茶發呆，靜靜度過那段時光。沒有什麼興趣、也沒有幾個朋友。

是個在東京小小辦公室裡勤奮上班的ＯＬ。

或許是因為個性上就不想太過顯眼，因此在原先的日常生活中完全沒有塗過口紅。似乎只有在附近藥妝店買過那種帶有淡淡粉紅色的藥用護唇膏而已。

憑藉著美容部老手員工的妙手，那美麗的大紅色瞬間描繪出她唇瓣的輪廓。

「……」

「很漂亮哪。客人您的皮膚又很白，紅色會非常亮眼、很適合您的哪。」

小文自己看向鏡子時，似乎是因為壓根從沒想過，在自己的人生中竟然能夠聽到有人對自己說出漂亮這種詞彙，因此她看起來非常驚訝。

「這個紅色好漂亮喔……」

漂亮這個詞彙在她口中的重量，和平常已經說慣的美容部員工完全不同。

因此小文第一次從她那每個月少少的薪水中存下的錢，買下了被稱為專櫃化妝品這種不是能夠輕鬆買下的口紅。

從今天起，我就要和這女孩一起度過往後的日子了。

我在用心層層包裹的箱子深處，向她打了招呼：「請多多指教囉，小文。」

小文家離車站有些距離，是只有附帶一間廚房的公寓房間。

雖然她看起來非常認真，但大概不是很擅長做家事，所以房間有些零亂。就算週末花一整天打掃，房間也還是很快就堆滿了東西。小文盡可能不踩到地板上散落的衣服和包包，倒向窗邊的床鋪。

她輕巧解開包裹著箱子的粉紅色絲綢緞帶，將我從盒子裡拿了出來，又將我高舉起來、放在昏暗的天花板燈下觀賞。黑色的容器反射著光芒，有如寶石一般閃閃發光。

會買下我的女孩，多半是因為戀愛了、希望對方覺得她可愛，又或者是心裡想著希望自己看起來成熟些。

畢竟大紅色的口紅不太適合平常使用，因此大多是有特殊用途的。在特別的日子，才會為了把我當成大紅色的女人武器而拿下我的蓋子。

小文是不是也和我先前遇到的那些女孩一樣，希望某個人能夠回頭看看自己呢？

小文對待我就像是寶物一樣重視。

雖然買下我後都還沒有用過，不過她不管是去公司、假日出去散步，還是自己到咖啡廳喝茶的時候，都會將我放在包包內袋裡，帶我到各種世界去。

某天下午，在公司的小文或許是失去了專注力，她讓手邊的滑鼠喀答喀答發出不規則的節奏，愣愣地望著電腦螢幕。

沒想到後面有人默默遞出了易開罐咖啡。

「佐佐木，妳睡眠不足嗎？喝個咖啡再加把勁吧。」

「謝、謝謝您，部長。我馬上處理文件。」

小文猛然回過神來，沒想到肚子居然咕嚕叫了一聲。

這種聲音竟然讓人聽見、實在是太丟臉了，她那焦躁到想死的心情就算我在包包裡面都能感受到。

看到她這個樣子，那被稱為部長的男人輕輕一笑。

「妳餓了嗎？等等要不要一起去吃飯？」

在小文開口回答之前，男人又說：「附近新開了一間中華料理餐廳呢。」然後便離開了。他的身材高䠷、體格也好，看上去有點像是時下很受歡迎的某個演員。

他的背影有如咀嚼薄荷口香糖後迎面拂來的颯爽清風，小文目送他離去，忍不住趴在桌上。

「唉……」

小文嘆了口氣。哎呀，這是戀愛的嘆息呢。

下班後，小文在離公司一站的鐘樓下，把手放在口袋裡四處張望。明明沒有決定集合地點，小文卻在這裡等，表示他們已經約在這裡好幾次了嗎？下班回家的上班族及學生們的腳步聲，稍微緩和了小文的緊張感。

大家吐出的空氣是白色的。抬頭仰望那沒有半顆星子的黑暗天空，看來似乎要下雪了。

「抱歉，讓妳久等了。」

那被稱為部長的男人，遞來一罐溫熱的瓶裝焙茶。我還真是很久沒見到會開口說「這就勉強當成暖暖包吧」的男人。

中華料理店裡相當熱鬧，我實在聽不太到兩個人說了些什麼，不過小文去洗手間的時候，輕輕將我先放進口袋裡。

凝視著鏡子，她在唇上抹了淡淡的一層。

「突然就上個大紅色應該很奇怪吧？好難喔。」

照著美容部員工教的，小文用小指咚咚咚地將顏色推開，果然就變成淡淡的一層顏色。

回到座位上，男人瞬間停下了正要舉起啤酒的手問道：「咦，佐佐木？妳是不是忽然不太一樣啦？」然後相當認真地盯著小文的臉看。我曾見過各式各樣的男人，能夠發現如此細微變化的男人真的很受歡迎。

「我買了新的口紅，就試著擦擦看。」

「很適合呢，我瞬間心動了一下。」

兩人都一臉認真、看向彼此，只有店員邊說著「兩位久等了」邊放在他們眼前的擔擔麵的熱氣，搖搖擺擺地晃動著。

「你好狡猾。」

小文的臉紅到幾乎不比嘴唇的顏色淡，真的是非常可愛。她拿起了眼前大大的啤酒杯像是要遮住表情，將剩下的那點啤酒灌進灼熱的身體裡。

「我是認真的，妳晚點有其他事情嗎？」

出了中華料理店，兩人幾乎是肩並肩地走在一起。

包包裡的那罐焙茶早就變冰了，也無法沖淡兩人的醉意。

他們兩人繼續走著，始終沒有交談。在這路人逐漸減少的商店街上，只聽見野貓在某處喵喵叫。

每走一步，兩人的手就會稍微碰到一下。當他們的手碰到第三次的時候，不知不覺地指尖已纏繞在一起，兩人的距離縮短到能感受彼此的溫度。男人的無名指上隱約殘留著戴過戒指的痕跡。

小文不時緊握住那隻手。

「續攤要去哪裡呢？」小文開口問道。

這裡的窗戶關著、緊閉的空間裡靜靜擺著寬廣的大床，小文發現自己竟然正在打盹，這才支起身子。

直接包裹身子的棉被摸起來真舒服。但旁邊沒有人。

充飽電的智慧型手機顯示著兩點三十七分。

或許是喝太多了，感覺頭有點痛，小文將手伸向桌上的水。

杯子下放著一張便條紙，而我就被放在那旁邊，所以知道那張便條上寫了什麼。

「抱歉，老婆會擔心，所以我先回去了。明天見。」

小文看著那張便條，揉成一團丟到地上。

「明知道不該繼續下去的。」

她拿起口紅，看著大大的鏡子，漂亮地塗上唇色。那一絲不掛的潔白身體上，綻放著美麗的玫瑰花。

「要是我也能成為和這大紅色相襯的強悍女人就好了……」小文吸著一點都不適合她的香菸。

是那男人留下的香菸嗎？

一邊被自己不習慣的香菸味道嗆著，小文將煙隨著嘆息一起吐出。那煙就像是他的殘影一般，溫柔又輕飄飄地包裹著房間。

濾嘴被染上大紅色的香菸尾巴有氣無力地躺在一旁。
這時候我強烈地想著，真希望能幫她成為能夠獲得幸福的強悍女孩呀。

塗上口紅以後，小文開始會對自己說，要有點自信。
有天她看著信箱，裡面是勸人信教的傳單、水電工的廣告磁鐵，另外還有一張明信片，是高中同學會通知。
之前都沒有參加，但小文喃喃念著，這次去看看好了。
纏上黃藍色格子圍巾、套上米色外套、把大紅色口紅放進口袋裡，小文踏上前往同學會會場的路途。
現場已經有好幾個小圈圈，會場裡充斥著似曾相識又好陌生的聲音。
小文在畢業之後和大家並沒有特別的交集、也不曾私下聚餐，所以很難加入那些小圈圈。才剛走進入口，就覺得現在離開還來得及吧？正當小文想轉過身去，卻聽見有人喊她：「佐佐木，好久不見！我好擔心妳呢。」

「哎呀！是佐佐木耶！」

「妳怎麼之前都沒來啦～」

熱情的聲音接二連三奔向小文。

「我還以為妳已經忘記我們了呢。」

倉促之下小文心裡想的事情就這樣脫口而出。

「怎麼可能呢！我當然記得啊，我還在合唱比賽上負責伴奏呢。哎呀，是哪首歌？」

「那個啦，《貓的報恩》裡面的〈成為風兒〉。大家還一起在公園之類的地方練習呢！」

原本從小文記憶當中遠去的回憶再次湧現。

雖然不能說是毫無印象或者無趣至極，但小文也不是什麼特別優秀或者顯眼的人。她對自己的評價很低，一直認為自己不過就是那種大家會指著畢業紀念冊說「這個人是誰啊？」的那種人。但事實並非如此。

「佐佐木同學好適合這個口紅喔，我也想成為適合大紅色的女人呢～」

上前搭話的短髮女性是高中三年級的同班同學，她的虎牙給人活力十足的印象。

「謝謝。」

小文第一次坦率地接受別人誇獎她。沒有予以否定，而是老實說出謝謝這兩個字的瞬間，小文自己也感到非常驚訝。我也和小文一樣開心。

約莫和大家聊過一輪回憶、喝了幾杯酒以後，小文走向洗手間。

她拿出了口紅，將已經稍微淡薄的唇色再次細心地抹上紅色。

面對鏡中映照出的自己，她相當肯定。小文的內心已經萌生了如同口紅那鮮艷紅色般的自信。

為何先前會覺得能夠好好地、溫柔看待自己的人，就只有他而已呢？對小文來說相當特別的那個男人，其實並沒有給小文特別的待遇。也不是說想見他就能夠與他見面。

已經不知道有幾次在某個瞬間，特別是就寢前，這個事實從腦海中閃過時就覺得寂寞得想死。

我看著她在內心重重發誓，這種傷己又傷人的戀愛絕對不要再繼續談下去。

但是事情卻急轉直下。

剛傳出「我不會再和部長見面了」的簡訊，卻馬上收到他前所未見的告白。

「我正在和老婆談要離婚的事情。我想和佐佐木共度餘生，我喜歡妳。」

老實說我非常不安。正因為小文非常純真，所以她可能會真心相信對方的這種話。但說實在的，會出軌的男性沒一個好東西。

我很清楚小文的心再次開始搖擺不定，因為當她露出用力咬唇的這個習慣時，肯定就是在想那個男人的事情。

結果小文相信了他的話，又回到原先的樣子。

當然對於公司的人都保密，那是他們兩人的秘密時間。對於小文來說那是身為女人的紅色，對我來說則是疑心的紅色，就這樣綻放在她的唇上，與那男人相愛。

「我愛妳。」

那句話透過她的唇瓣傳了過來，對方嘴唇的顏色也被點亮的那一瞬間我醒悟了——果然一切都沒有改變。這個男人真的有問題。

我可不是什麼簡單的口紅，至今已經接觸過幾百、幾千、幾萬個唇瓣。我和這些女孩的唇瓣一體同心，希望她們獲得幸福。我也知道當唇瓣相疊之時，就會感受到愛的溫度。

但碰到這個男人嘴唇的瞬間，並沒有感受到溫度。從那詐欺師一般的嘴唇上，品嘗到的是有如撲克牌小丑牌般的謊言味道。我想他肯定沒有打算要和老婆離婚。

女人的敵人——真正的渣男，就是指這傢伙。要是下次字典修訂的時候，就算在渣男一欄寫上這男人的名字都不足為奇。我透過唇瓣的形狀及其柔軟，看透了一切。

我的存在目的，是成為讓女人強悍又美麗的魔法武器，也是貫穿那些踐踏女人心思之罪惡的子彈。就是這兩項。

今天小文戴上了新買的耳環、將頭髮向內捲，正準備去和那男人約會。包包的內袋是我的特別座。

見面以後的流程總是一樣。

兩個人吃了飯以後，聊著公司或者一些無謂的大小事、喝著啤酒。然後就直接去旅館。

「他究竟要讓我等多久呢？」

我聽見了小文的心聲。

「是我不好。明明決定要忘記他卻又馬上屈服、是我太懦弱。是我自己不敢開口問自己，什麼時候才會真的成為他的女朋友？我害怕自己被拋棄。」

回過神來，小文那在同學會上稍微萌生的自信已經完全消失。

今天兩個人喝得比以往都醉。夜晚已深，街道上一片寂靜。和他們一樣醉醺醺的上班族，倒在路邊沉睡著。

「佐佐木呀，妳自己似乎都無欲無求呢？沒有什麼想做的事情嗎？」走向旅館的路上，男人問著小文。

「……沒有特別想做什麼耶，抱歉。」

兩人之間的空間比外頭還要寂靜，因此有些尷尬。明明與以往差不了多少，空氣中卻略帶著緊張的氣氛。

這個男人的確是對小文有意思，但是次數越來越多以後，似乎對於這個不太具有自我主張的小文感到有些厭倦了。隱約有其他沒見過的女人香氣觸動了我的嗅覺。

在離床鋪有些距離的桌上，男人的手機閃爍著光芒，是好幾條女性傳來的訊息。

男人輕輕起身，拿起手機回著訊息。看來他馬上就要去其他地方了。不知道是要回到妻子身邊，又或者是前去會見他新看上的女人呢？

小文肯定毫不知情，仍然做著幸福的夢。

就在男人前去洗澡的瞬間，我從桌上跳了下來。

「抱歉囉，小文，為了救妳只能這麼做了。」

我向睡得一臉幸福的她做了最後道別。

小小的喀噠一聲。

地板上散落著小文與那男人的衣服。我利用掉落時的衝擊丟掉了蓋子，在那男人的襯衫領口倏地畫上一條紅。然後繼續滾過去，鑽進了長褲的口袋裡。

他為了不吵醒小文而沒有開燈，所以在這樣的昏暗中，應該也不會發現我留下的痕跡。而且他看起來也還有些醉意。

口紅有時候會成為射擊男人的子彈。

小文，妳要幸福唷。我在黑暗中將她的身影刻劃在腦海裡。

之後那個男人回到了他和妻子的家中，因為口紅而和妻子大吵了起來。妻子似乎原先就一直在等待著明顯的證據。有許多女性的名字被一一提出，其他部門的女性、客戶女性、碰巧認識的女孩子、學生時代的朋友……但就是沒有提到小文的名字。

由於妻子的要求，男人從公司辭職了。不知道他現在身處何方、在做些什麼。

小文過得好嗎？在我思考這些事情的時候，就已經遭到處分了。

等我醒過來的時候，又是我熟悉的百貨公司化妝品專櫃裡，以新品的狀態被展示著。

我的黑色容器閃爍著美麗光輝，口紅的斷面略略圓潤。哎呀，我的新人生又開始了。

一個肌膚白皙、氣質凜然的美麗女性走向我，她的眼睛毫無迷惘、完全就是個強悍的女性。

聽著她通透的聲音我就知道，自己不需要成為她的強悍或者勇氣，只要像香水一樣隱隱約約依附在她身旁便已足夠。

「抱歉，請給我一支這個口紅。」

她毫不猶豫地指著我。

我心想這次應該會是個平穩的人生呢，緩緩抬起頭來，眼前正是小文。黑髮過胸，兩旁的髮絲長過下巴而向外捲，讓人覺得有種成熟穩重的性感。從眼眶邊緣向上捲起的睫毛、還有眼角那挑起的眼線，更加強了她強而有力的目光。

「客人您以前也在這裡買過同一支口紅沒錯吧？」

看來美容部老手員工還得記性好才能稱之為老手呢。

令人懷念的房間還是一樣到處散亂著東西。小文在床上將我從盒子裡拿出來。這懷念的房間和溫度。

我輕輕說著：「我回來了，小文。」

我知道她不可能聽見自己的聲音。

但是小文卻溫柔地用兩手抱著我，並且這麼說了。

「歡迎回家。」

·戀愛左輪手槍·

男人在身旁熟睡時忍著不流下的眼淚	10ml
成人戀情精華	1dash
大紅玫瑰般的口紅	3管（2管融化後拌勻）
花心	2次
百貨公司廣播	30dB

不認識外面世界的貓

寧靜深夜的房裡，我在那盛滿棕色飯粒的器皿前，以舌頭俐落地一粒一粒撈起。

嗯。今天也不太好吃呢，我想著那濕潤的鮪魚罐頭。

我是隻寵物貓，不認識外面的世界。和我住在一起並飼養我的，是粗魯又有著老頭興趣的單身女性。

要說她有多麼粗魯呢？大概就是會用腳撿起掉到地上的東西、也不太在意什麼保存期限。她總是大嚼泡菜還是大蒜，或者看起來就對身體很不好的泡麵之類的東西，搭配啤酒大口灌下去。

她每天都會緊緊抱住我說：「最喜歡你了！」但這實在令我感到厭煩。那種時候我總是用自己彷彿液體般柔軟的身軀，從她的手臂中逃脫。

不過她讓我的生活毫無問題，姑且算是親切的人類。就叫這個人小魚乾吧。

我不太去記事情，所以完全不記得自己是怎麼來到這裡的。要說我唯一記得的事情，就是私毫不顧我睡眼惺忪就射向我的光線是那麼刺眼卻又溫暖。

我從以前就有個習慣，只要想睡覺的時候就會下意識踩著毯子，但這只是一種習慣，並不是因為眷戀母親。

雖然她曾經對我說：「你一定很寂寞、很想見母親吧！」但那不過是人類自己想要編織出悲傷故事，只是他們的自我中心罷了。

但是，我就是沒辦法阻止自己像揉麵包那樣踩踏著毯子。

小魚乾給了我一切。

貓塔、因為注重健康而不太好吃的乾糧、布偶、玩具、逗貓棒……什麼都有。

我特別喜歡那個兔子的白色布偶，在我結紮以前經常在它身上做記號。說起來有點丟臉，我的第一次就是獻給了那兔子。我將布偶叼到其他地方，用力咬、用腳踢，這樣可以散發我的壓力，感覺很舒服。那純白色的布偶很快就髒了，我經常會看到兔子被洗衣夾吊起來。在彷彿我伸手可及的空中搖搖擺擺的玩具，也讓我無論如何都想拿到。

小魚乾基本上都關在家裡，沒事就會來逗我。是沒有其他人理會她嗎？她總是獨自一人。

夏天她會整天待在冷氣房裡躺著、喝酒看電影；冬天就整天窩在暖桌裡面喝酒讀書。

就算偶爾出家門，也是幾十分鐘後就兩手提著滿滿的透明塑膠袋回來。裡面裝了酒、泡麵、即食包，還有我的零食。小魚乾是不是其實很擅長狩獵啊？真希望她哪天能帶我一起去。

她來逗我的時候，最麻煩的就是在我睡得正舒服時，突然把臉埋到我的肚子上，說什麼叫做「摸摸毛茸茸」。

人類是一定要摸摸毛茸茸才能活下去的生物嗎？我好不容易才打理好的毛又全都給毀了，所以那之後我就得煩躁地重新整理。這也成了固定流程。但說起來其實我已經學到了，當飼主把自己的臉埋過來摸摸毛茸茸的時候，只要猛力拔下幾根頭髮，她就會馬上撤退。

但有時還是會容許她摸一下。就是她餵我那種我最喜歡的零食的時候。

除了啾嚕[1]以外，我也很喜歡雞胗等內臟的風乾品。就算我肚子非常飽，這些東西我永遠都能吃得下。那個袋子發出摩擦聲響的瞬間我就會飛奔過去，用身體磨蹭著她、喉頭發出咕嚕聲響。這是否就叫做巴夫洛夫的狗[2]

【編註】

1.Ciao啾嚕（日文發音「CIAO Chu-ru」）是稻葉寵物食品推出的肉泥狀貓咪點心。

2.俄國科學家伊凡．巴夫洛夫曾做過一項實驗，他每次餵狗前會先搖叮噹，過了一段時間後，即使沒有拿出食物，狗聽到鈴聲也會流口水。

呢？總之我喵喵叫，她就會給我雞胗。我的飲食喜好在不知不覺間似乎跟小魚乾一樣像個老頭了。

小魚乾或許是很相信我，她就這樣把零食袋放在桌上，窩在暖桌裡睡著了。真想把袋子全部嘩啦撕開、把裡面的東西都吃掉……但我也只是眼睜睜望著，因為以前曾破壞了義大利麵和麵粉的袋子之後，又用牙齒把整箱的豆漿每個包裝都給咬開，結果她發了好大的脾氣，所以還是算了吧。認真發起脾氣來的小魚乾可是無人能擋。

有天晚上，小魚乾的鼾聲實在太吵了，所以我自己搭上了門把、打開門，移動到其他房間。

我的身體本來就比較大，所以幾乎什麼東西都能用手打開。抽屜、浴室、冰箱等都能打開，正是我的特技。

從鼾聲溫床脫離以後，我在自己喜歡的地方睡著了。有時候是在沙發的正中央，有時候則是小魚乾自己的床空了下來，我就過去那邊睡。而且是肚皮朝上躺成大字形睡著。小魚乾總是說我這樣子太沒戒心，每次都笑著拍照。到了早上，晨光透過窗簾射進來我便醒了，撐著一旁的牆壁伸懶腰。

由於擔心我伸懶腰的時候在牆壁上留下爪痕，房間到處都貼上防抓貼紙。我不覺得討厭。

小魚乾實在非常多管閒事。

生日或者聖誕節的時候，會買那種比人類吃的蛋糕還要貴的寵物蛋糕給我，到了過年時，還會準備我專用的年菜或者跨年蕎麥麵[3]之類的。

說實話我對那些東西沒有興趣，從來沒吃過。她明知如此，卻還是給了我許多東西。就好像是送禮物給情人一樣，她凝視我的眼神，完全就是

3. 日本人在十二月三十一日這天，有吃蕎麥麵以祈求長壽、富貴、去厄運的習俗。

一副熱中於戀愛而想知道對方會有什麼反應的少女。
雖然最後我什麼都沒吃，但她還是會給我啾嚕這點我是很感激啦。
有時候她還會拚命聞我的手腳肉球的味道，用力吸著說：「好像爆米花的味道喔」然後繼續拚命吸。偶爾我在心裡想著，剛才上廁所的時候不慎踩到了一點便便，妳還真蠢呢，但也只是默默看著她。
後來某一天，或許是覺得我一個人很寂寞吧，她說什麼「這是你女朋友唷」，幫我帶了個朋友回來。
這難道是要已經被去勢的我談個柏拉圖式戀愛嗎？對方和我的年齡雖然差不多，但是身材比較嬌小，完全被人類擺布，一看見我就伸出爪子「刷！！」地怒吼，想威脅我。我什麼都還沒做呢，真是令人困擾。
之後為了要讓我自己的味道再次布滿這個房間又要重新磨蹭，真是累死了。「對不起……我想說要是你有朋友就能好好玩耍了。」小魚乾說著邊給我啾嚕當點心吃。

每次小魚乾嚴重宿醉而窩在棉被裡一動也不動、或者是她當成人生意義的動畫愛角突然死掉、還有一段戀情結束而哭泣的時候、甚至是看著搞笑節目笑到哭出來的時候，我都不曾像隻狗一樣、察覺到她的心情而靠在她身邊。畢竟我是貓。我實在不太會讀取對方的感情，這也沒辦法。

就算她的手上都是傷，還是會說著「不能讓你的毛球塞住喉嚨啊」而始終不願意放下正在幫我梳毛的手。

人類真是笨蛋呢。這樣一直付出，到底有何樂趣呢？

但是我很感激這十幾年都不曾改變的生活和景色，小魚乾一直獨自一人對我奉獻她的愛。

要是我不在了，她是不是會完全陷入孤獨呢？有時候看著小魚乾露出孤獨的樣子，一臉寂寞，我總是覺得要是妳變成貓就好了呢。

四季輪轉，時光匆匆。

不知何時，我已經無法啃咬那些乾糧，飯也變成湯類的東西。以前三更半夜全力奔上去的貓塔，現在也越來越難爬上去了。我越來越常黏在小魚乾的身邊，默默地睡著。

小魚乾還是孤家寡人。雖然她今天也摸著我的身體、把頭埋在我的肚子上，不過我已經不討厭她這麼做。以往她總是非常開心地做這些事，今天不知為何卻在哭。

她今天也說著「最喜歡你了」然後用力抱緊我。雖然很煩但是挺舒服的。總覺得好想睡覺，就好像我這輩子都不會再張開眼睛那樣累。

我實在不明白所謂最喜歡是什麼意思、是什麼樣的感情，但若我再次來到這個世上，真希望能夠成為一個也可以對她說最喜歡妳、然後緊緊抱住她的存在。

哎呀，好睏啊。晚安囉。

·喵喵調酒·

啾嚕點心	20ml
無法隱藏的狩獵本能	1dash
蓬鬆的毛球	1g
好奇心團塊	3個
心靈一隅對飼主的感謝	2次

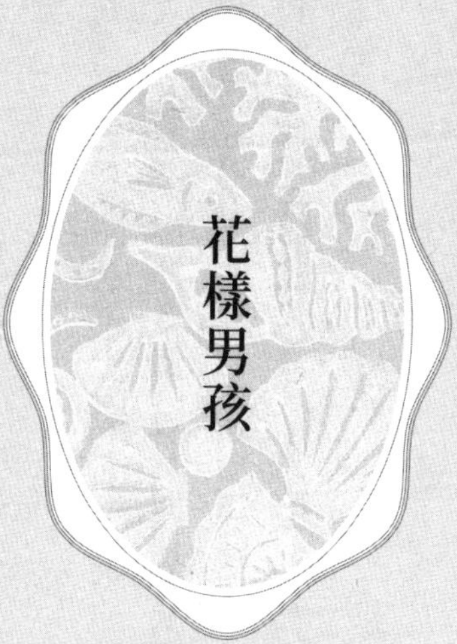

花樣男孩

春天，明媚的日光照耀著一位青年。

青年握著前端細長的黃色澆花器，正在為花壇那些盛開的繁花們澆水。

「小百合今天也很美麗呢。步美好像有點沒精神啊？是不是肥料不太夠呢……」

青年對著每朵花說話，附近的婆婆和帶著狗散步的男性一瞬間用詭異的眼神望了過來，又裝成一副什麼都沒看見的樣子就這樣走了過去。

沒有人知道他叫什麼名字。但是街頭巷尾都叫他「花樣男孩」。

而我是受到他愛護、在他觀望下成長的花朵，為了將他的人生記錄在這裡而動筆寫下這篇文章。

花樣男孩比這世界上其他人都還要打從心底愛著花朵，他總是帶著花到處走，也因為對於花朵的愛，總是做些出人意料的行為。

花樣男孩對於花朵那超乎常人的珍愛與熱情、加上他擁有異於常人的花朵知識量，因此他會在ＳＮＳ上閒聊自己與花朵的小故事，也有許多追蹤者。

他的五官端正，若是正常生活的話應該會非常受歡迎吧，畢竟每次他上傳自己與花朵合照的照片，馬上就會有許多人按愛心。也有不少粉絲或者網紅私訊表示想和他見面。

但只要見過一次，就是最後一次。從來沒有人會和他見第二次面。

以下是某次聚餐發生的事情。

一位非常仰慕他的男性ＩＴ創業家，好不容易訂到了表參道上一間很受歡迎、非常難預約的餐廳的午餐時間，邀請花樣男孩務必前往應約。

青年準備了花束前往該處。他的習慣就是與人見面的話，會先準備好花語涵義符合當事者的花束前往。

「哎呀，花樣男孩！謝謝你特地前來。到這裡會不會很遠？能見到你真是太高興了。」

社長嘴裡說出的招呼語溫暖到令人不會覺得只是社交用語。

「我正好也有事情要來這裡，距離上還好。我也很高興能見到你。」

花樣男孩如此說著，便拿出事先準備的花束作為禮物。收下花束的人通常都會一臉驚訝但是滿面笑容，看著青年的眼睛相當開心。

問題是在這之後。

在看到上菜之前先送來的水，花樣男孩就會露出可愛的笑容說著：「抱歉，剛才的花束可以借我一下嗎？」然後把花束拿回來，一下就把花從包裝紙中抽出，插進水裡。

「哇啊，這些孩子們也都很高興，說這裡的水很好喝呢！」

他就這樣盯著花瞧，然後說著「哎呀我好像也有點口渴了」，拿起對方的杯子將水一飲而盡。

吃完飯要離開店家以前，花樣男孩又相當順手地將插在杯子裡的花用包裝紙包好，然後咕嘟咕嘟喝掉那杯水。

「這樣可以解毒。花朵真的很棒呢。」

他以最燦爛的笑容說出這話，絲毫沒有在意對方臉色已經沉下來了，就這樣離開了。

就算對方一開始還能苦笑以對，到這時候也已經相當疲憊了，只能想著你就快滾吧、在內心發誓再也不要與他見面。

前幾天被人找去一起喝酒的晚上，花樣男孩又做了一樣的事情。在所有人喝得正酣時，他將花放在水壺的水中，使得大家一起陷入沉默。

但事情還不只如此。雖然他的行動造成了現場相當尷尬的氣氛，大家還是為了氣勢上不要輸給他而想著再喝一些，走向第二間店的時候，他忽然喊著：「等一下！」然後從胸前的口袋取出了一個小袋子，開始撫摸著路邊的泥土。

其實他還有個習慣，就是只要在路上看見還不錯的泥土，就會種下花朵的種子。無論是公園的花壇、還是別人家的庭院，他都照種不誤。

就是因為他這個樣子，因此只要與人見過面，他的追蹤者就會默默地減少；但另一方面他只要上傳了花語知識，或者他和花朵的合照，追蹤者又會增加，因此根本沒有人發現實際情況。

對了，我到現在都無法忘記花樣男孩的生日慶祝會上，那個大家結冰的瞬間。

追蹤他的粉絲們說想幫他開生日慶祝會，希望他能夠參加，他也相當爽快地接受了。

會場裝飾了大量各式各樣的花朵，打開門的那一瞬間，實在是美麗到令人喘不過氣。

他開心到哭了出來。粉絲們見他如此，一起拉了拉炮，接著應該是粉絲代表的一位女性，將一大把豪華的花束交給他。

收下那花束的花樣男孩吸著鼻子說：「你們居然為了我這麼做，真的太感謝了……嗚。」下一秒他就開始吃起了花束。

花樣男孩開始大口享用美麗的花朵。會場剛才還像天堂一樣美麗，空氣卻一瞬間有如掉落地獄般。

「我想說得趁新鮮的時候和它們合為一體，真的非常感謝大家。」他如此說著的時候花瓣還黏在他的嘴邊，而他並沒有停止咀嚼。

「可是，那個並不是供食用的花朵……」

有個人惶恐地打破沉默。結果他馬上變臉，以相當恐怖的表情回應。

「是誰決定花朵不能吃的？有哪本書這樣寫了？沒有人比我更具備花朵相關知識，可以不要隨便潑人冷水嗎？」

花樣男孩那低沉冷靜的聲音響徹整個會場。只要否定他對花做的任何事情，都會引得他不快。

吃完花束後，他說：「抱歉我實在無法接受，我要先回去了。」然後把五千元的鈔票放在旁邊的桌上就走了。

花樣男孩在家裡的行動也非常詭異。

他絕對不用面紙或者衛生紙，而是用枯掉的花朵葉片（蜂斗菜的葉子之類的東西）來擦屁股。刷牙的時候也會用不知道究竟是什麼東西的樹枝喀滋喀滋流著血刷牙。

吃飯之前，也絕對不忘記撒上已經添加了自己種的花所提煉出的成分之類的東西做成的調味料。我也注意到他的點心幾乎都是向日葵種子或者山茼蒿之類的東西。

如果他種的花枯萎了，他會悲傷地哭泣到眼睛都腫起來。之後在把花朵做成乾燥花以前，他會繼續供奉水和那株花朵喜歡的肥料等等，每天一定都會合掌膜拜打招呼。就某些方面來說，他重視花朵到最後一刻的樣子，或許也能說是非常偉大。

但是那些花朵們其實畏懼著他異常的愛情。

對花朵們來說，他實在太詭異了。甚至可以說是討厭他。由於他各種怪異行為，確實也讓對花朵抱持負面印象的人增加了。

花樣男孩會將綻放地特別美麗、符合他喜好的花朵插在他喜歡的白色花瓶裡，但對於花朵們來說，那根本就是「下地獄」。

我想那再怎麼說也是好幾萬塊的花瓶吧。如果他沒有計畫要出門，就會不斷對他選上的花朵喃喃傾訴著愛的話語。

「我覺得這婚紗實在太適合妳了。」

他如此說著，用手指輕撫過花瓶彎曲的線條。

「真的非常美麗，是很能襯托妳的花瓶。最後這花瓶會成為美麗的墳墓包裹著妳唷。」他邊說著邊輕撫花瓣。

接下來這朵花和花樣男孩之間發生了什麼事情，我實在是無法寫下，不過他真的做了很多令人不忍卒睹的求愛行動。

運氣不好而在他手下盛開的花朵們，雖然就是為了美麗高傲地綻放而來到世界上，卻又矛盾地想著不希望成為最美麗的花朵。

花樣男孩除了花朵以外，完全沒有可稱為朋友的對象，是個孤獨的青年。

確實他從幼年時期就經常對事物抱持某種異常的執著，面對人類似乎也是如此。

他的身體非常虛弱，所以沒去過幼稚園或育幼院就進了小學。或許是因為如此，他也不知道要如何與朋友往來。他非常喜愛入學之後交到的第一個朋友，而且一直很在意對方沒有經常在自己身邊。無論是下課時間、放學後，還是假日都一樣。

只要對方和別人而非自己說話，他就非常不安。內心充斥著對方是否會被搶走的心情。他無法接受有人比自己更熟悉那位朋友。

二年級換班的時候他就與那位朋友分離了。一旦給兩個人新的社群，他馬上就變得孤零零。

他似乎並沒有想到可以交新的朋友，對他來說，那個朋友就是一切。新學期開始後幾天，他會在下課時間和對方在走廊上聊天、下課後也會和他在公園探險、尋找稀有的花朵，勉強維持了幾天一如往常的日子。

但就在那天，對方說今天有其他事情、很抱歉不能一起回家，他偶然經過了其他公園，卻發現好朋友和其他朋友們正開開心心地踢足球。

他立刻憤怒到說不出話來，同時也流下不知是悔恨還是悲傷的淚水，就這樣帶著混亂的情緒，獨自哭著回家。

從那天起，無論是下課時間還是放學後，他都在圖書室裡，好巧不巧他正好拿起了植物圖鑑，才得知意外的事，這個世界上有毒的花朵其實就近在身邊。

「就是這個！」

花樣男孩靈光一閃。

那是夏天，他在上課時間種植著所需數量的牽牛花。

第二天早上，花樣男孩比其他人都早到學校，將牽牛花枯掉之後結的果實全部採收下來磨碎。

第四堂課，他說要去廁所而從教室裡溜出來，快速跑到營養午餐室。

午餐已經依照班級準備好，他從許多推車當中找出搶走朋友的少年們所在的班級編號推車。在無人發現的情況下，快手快腳撒上已經磨碎的牽牛花果實。那天的菜單是咖哩，真是太方便了。

午休的時候，隔壁班因為有許多人身體不適而引發了騷動。有好幾個學生出現嘔吐和腹痛的情況，真是一片混亂。當中也有那些與屬於自己的好朋友感情不錯的人，因此花樣男孩非常開心。

幸好並沒有人性命垂危，要說之後有什麼事情改變的話倒也是沒有。

不過因為一位負責打掃的男性看到了午餐時間前，花樣男孩朝著午餐室而非廁所方向奔去，因此學校馬上發現是他做了什麼。但大人們覺得這應該只是小學生覺得好玩所做的惡作劇、不是什麼大事，所以只有嚴厲責備一番，事情並沒有傳到警察那裡去。

然而流言仍然不知道從哪裡傳開，也就更沒有人要和他說話了。

大家開始覺得花樣男孩令人不耐，也開始霸凌他。完全沒有人試著保護他。無論進了國中、還是升上高中，霸凌的情況仍舊沒有改善。

若是待在教室裡，不知道會有人對自己做什麼，因此他總是待在人煙稀少的花壇附近。

花總是會接受他，不會拒絕他、也不會說討厭他，就只是在自己身邊綻放。畢竟它們是花朵。

無論發生多麼痛苦的事情，只要看見美麗綻放的花朵，就感到安心。他說，後來和花朵說話，就能聽見它們的話語。其實這只是他多心了。不過他能夠吐露真心話的對象，的確就只有花朵而已。

也因此，他對於花朵的愛情日漸深刻。他用花樣男孩這個名字開始玩起ＳＮＳ，上傳了許多花語和照片之後也受到大家矚目，在網路上算是頗為知名的存在。

看著追蹤者增加，他想著，身為花樣男孩的話大家應該就能接受吧，因此更覺得花朵果然支持著自己的人生、對於花朵的愛也更加深沉。

結果他就沒有去大學，走上了身為花樣男孩的人生。

後來發生了一件事情，撼動花樣男孩孤獨的心靈。他遇見了一位少女。

正當他在為花朵澆水時，少女突然現身，看著花朵微笑說：「好漂亮喔。」她那不高不低的馬尾隨風飄揚，看起來應該不是花樣男孩的追蹤者。少女對他露出了天真無邪的笑容。

後來只要他在澆花的時候，少女就會說她想更加認識花朵，因此經常前來拜訪。

「這位是麻美、這孩子是小藍唷，她們都有自己的個性，花朵真的是令人非常崇敬呢。」

少女似乎也相當爽快地接受了他的詭異行為。她每天都來詢問花朵的事情，滿臉笑容邊點頭聽著他說話。少女說她的父母興趣是園藝，自己也在花朵包圍中成長。

竟然有人不對他投以懷疑的目光、而是帶著親切的好意接近，一開始他也覺得非常困惑，而對於在一旁觀望的我來說也是相當震撼的事情。這個世界上，竟然有人能夠毫無戒心地接觸他，簡直就像女神一樣。

不知從何時起，對花樣男孩來說，少女成為一個相當特別的存在。他認為對方是個永遠不會改變、能和自己一起愛花的人。

有一天他將少女說喜歡的花朵分株送給她。

少女露出臉上的酒窩，笑著說：「我會好好養到最後的。」因此他也笑了。

就在那沒多久之後，少女說有重要的事情要說，甚為隆重地將花樣男孩找到她家附近的公園。就算花樣男孩相當遲鈍，也立刻明白大概就是那類事情吧。某種重要的事情，應該就是那件事了。他下定決心，既然如此也要表達自己的心意。如果是這個人，或許願意永遠和自己在一起。

「「那個！」」

公園以上兩個人同時開了口。正當他打算先說下去的同時，少女卻搶得先機。

「欸，你相信神嗎？」

花樣男孩對於這突如其來的問題大為動搖。

「你所愛的花，是神明創造出來的東西。所以說呢，只要向造物主誓言忠誠，就能夠過一個更棒的人生和來世喔。」

少女就像是被某種東西附身一樣，開始述說起關於那從未聽過的神明之事。少女是那個宗教的虔誠信徒。

她的眼神發亮，遠比看著花的時候還要閃耀。她繼續說著，帶著恍惚的表情緊握住花樣男孩的手說：「我第一眼見到你，就感受到你是受神明眷顧的。」

「所以我們一起去教會好嗎？」

這件事情完全擊碎了花樣男孩的心靈。還以為有人能夠接受自己的這道希望之光，僅僅是他的錯覺。

不僅如此——花朵才不是神明創作的東西。

「因為有我，所以花朵才能存在，而我也因為有花朵所以才能存在。

那女孩犯了相當大的錯誤。」

他的愛轉變為憎恨。

「果然能夠理解我的，只有你們就夠了。真是太愚蠢了，我絕不原諒利用花朵的傢伙。」

半夜三點多，花樣男孩站在少女居住的獨棟房屋庭院裡。庭院當中盛開著少女父母養育的花朵，旁邊孤零零綻放著他分給少女的那株花。

「真可憐，活在利用花朵的那種人類身旁、活生生掉進人間地獄之前，我會拯救你的。」

他窸窸窣窣地從手提包中拿出某種幼苗，溫柔地掬起一抔土，像是為他們拍拍頭似地種下那植物。

那是薄荷的種苗。只要將薄荷種到土裡，一切都將走向盡頭。它們會緩緩覆蓋整片土地，奪走種植在那裡的其他植物性命。

「妳沒有養育花朵的權利，再會了。」

在夜風中輕輕搖擺的小小薄荷們，就像是朝著他揮手。

在那之後，花樣男孩就一直抱持著某種空虛感生活。就和他小學時代那件事情所懷抱的感覺非常相似。就算用上薄荷這種最惡劣的手段去反擊，仍然無法填補他心中孤獨的大洞。

他夜不成眠，也因為睡眠不足的關係而使得腦袋有些不清醒，老是犯下莫名其妙的失誤。

輾轉難眠地迎接太陽升起的早晨，他想著要喝水而爬出棉被走向冰箱的時候，竟因為腳步不穩撞到了他最珍愛的白色花瓶。哐噹一聲，陶器化為碎片。而且因為他還在暈眩，失神踩到了花莖，就這樣折斷了花朵。

他絲毫不在意自己被花瓶碎片刺傷，混著水的血液滴滴答答從手臂上流下，他卻只看著那奄奄一息的花朵慘叫：

「啊啊——我、我竟然殺了最愛的妳！」

花樣男孩穿著睡衣便衝出家門。

只要發生令他不開心的事情，他一定會去某個地方。進入那少有人去的森林之後，眼前是一片開闊的原野。他會躺在那裡、在微風下眺望著天空。

花樣男孩到了那裡以後，慢慢坐了下來。他將手放在地面上，用力握緊長在地面的草兒。

「我到底是哪裡不對勁呢……」

大顆大顆的眼淚自他眼中滾落。

花樣男孩是個可憐的青年。

在他人眼中，他的行為有多麼讓人不舒服是一目了然，但他自己卻無法發現這件事情。然而就算有人告訴他這個問題，他也還是無法理解為什麼不行，結果依然是不幸的。

噗滋、噗滋，周遭響徹著他拔草的聲音。花樣男孩就這樣拔著周圍的雜草和植物，也不管根部還附著著泥土嗆到自己，邊咳邊吃了起來。

隱隱約約能聽見他的啜泣聲、以及他拚命將塞進口中的植物咀嚼嚥下的聲音。長在遠處的花朵們完全無法阻止他的行為。

真是可憐的少年。花朵們盯著他瞧，臉上的表情寫著若是輪到自己被那樣無情地撕碎，也會平心靜氣接受。

在他吃了幾小時花花草草以後，花樣男孩站起身來，以那無法聚焦的眼睛望著天空。

「雲朵似乎有些晃動呢……」

他低頭一看，地面也在晃動。

其實雲朵和地面只在他的視線當中搖擺。青年不知道他自暴自棄亂吃的那些植物當中，其實也包含了毒草。這個世界上的毒物，意外地近在身邊。

花樣男孩張開兩手深呼吸。

「這是怎麼回事呢？每次深呼吸，地面都會配合我的呼吸晃動呢。」

他試著吸更大一口氣。每一次深呼吸都讓地面的晃動更加劇烈。

「這就是地球的、自然的呼吸也就是心跳對吧。原來如此，我可以成為花呢。」

他說著便按了按胸口，覺得呼吸有些困難而想著躺下吧，在地面上躺成個大字形。

「我應該明白的，但肯定是忘記了。不管怎麼說，現在我眼裡的才是真正的世界對吧。我在人類社會裡待得太久了，但其實這裡才是我真正應該安身立命的地方。」

花樣男孩就只是望著天空，太陽和雲朵的流動比平常更快些。

「剛才還在正上方的太陽，也會在不知不覺間消失在地平線的那一端。夕陽逐漸將天空染成紅色。」

或許是因為只穿了睡衣出門，他感受到些許寒意，不斷搓著雙手，但指尖麻痺、已經失去感覺。

不過他仍然感受著大地的呼吸。視野越來越暗，已經是晚上。回過神來才發現雙腳也失去感覺。他就這樣趴著，完全無法起身。

「為什麼呢……哎呀算了，反正我是花朵，花朵又不會動。」

老實接受這個異常狀態的花樣男孩確實死期已近。

「呼吸好困難喔。對了，因為我身上的是手腳而非葉子，自然沒辦法呼吸囉。而且太陽也要下山了，當然沒辦法行光合作用。」

黃昏的時候，他開始回顧自己的人生。

因為受到追蹤者數量吸引而邀請他用餐的人、將花當成營利物品利用而想接近他的那些人，還有完全無法理解花朵的腦袋僵化之人。

「人類真的非常愚蠢。花朵是如此美麗，但人類怎麼會如此醜陋呢？」每當他回顧一段，呼吸就更加困難。

「但是會思考這種事情，果然我還是很像人類呢。看來我要成為花朵，還是不夠完美無缺的吧。」

在這個就算睜眼也被困在一片黑暗的世界當中，花樣男孩喃喃說著。

「希望下輩子能夠成為花就好了。」

花樣男孩就這樣斷了氣，草木及花朵都不明白他的死亡而隨風搖擺。

他的死亡是如此平凡無奇，甚至讓人覺得有些悲哀。或許人類的世界並不像我們花朵這樣單純，是個困難的世界。

我先前總覺得他那麼瘋狂、詭異又太過不中用，實在不想和他扯上關係，所以一直保持距離觀察他，但如今我真心想著，希望他的最後一刻、在他的身體化為灰之前，至少在這最後的時光，他能夠被自己最喜愛的花朵包圍著沉眠。

只要這篇文章沒有被燒得一乾二淨，他的人生就會留存在這裡。

· I am a flower ·

石榴「愚蠢」	3朵
朝鮮白頭翁「背叛的戀情」	1朵
黑百合「詛咒」	2朵
晚香玉「危險的快樂」	1朵
雪花蓮「期望你的死亡」	2朵
水仙「自戀」	1朵

人魚公主掉到酒海裡，吃遍了海中夥伴

在我們無從知曉的海底深處，存在著人魚的居所。

就和人類世界一樣，人魚的世界也有著完整的階級制度、有國王君臨天下，還有六位美麗的人魚公主妝點那個世界。

當中年紀最小的那位人魚公主——對了，就叫她愛莉雅斯……詠嘆調[4]吧——她比其他公主和人魚都要來得美麗。雖然她的美貌遠遠無人能及，但她也是個聰慧而成熟的少女。

正因為她過於聰明，因此自年幼起她就相當明白沉默是金才不會引發麻煩，能夠生存得輕鬆些。

「妳的尾巴就跟醃漬鯖魚一樣臭腥，太噁心了。」

「和妳相比，瑞典鹽醃鯡魚的氣味都還比較好呢。」

這當然是因為姊姊們這些沒營養的吵架內容，她聽到耳朵都長繭了。

就算明白最後大家還是會和好，但是那種隨自己情緒互相責備傷害之事，實在是毫無建設性。

相較於那些嘴巴有些壞的姊姊們，父王也喜歡對人相當無害的愛莉雅斯。自從她懂事以來，父親總是把「妳真是成熟、真的很聰明，是我自豪的女兒」這種稱讚她的話掛在嘴邊。

但是愛莉雅斯正是因為比別人還聰明，所以飾演個乖巧的孩子罷了。抹去自己的心情，正是和平生存的訣竅。但其實她也想像姊姊們那樣在海裡冒險、談個少女漫畫般的戀愛，或許也希望自己能夠在不開心的時候就說「不要」。

父親絲毫沒有察覺到愛莉雅斯這種心情。

「老實又溫柔成熟的愛莉雅斯肯定有很多好女婿人選，我一定會找個

4. 義大利文為Aria，原指任何抒情的音樂旋律，多為獨唱曲，現時詠嘆調被狹義認為幾乎專指管弦樂隊伴奏的獨唱曲。

適合妳的好對象！」

父親總是一臉自豪地如此說著。愛莉雅斯每次聽見父親這麼說，雖然感到相當厭煩也只能硬擠出笑容。

而愛莉雅斯也將要迎接十五歲生日了。

人魚到十五歲，就能夠去淺海、也就是人類世界，表示成人了。

愛莉雅斯總是聽姊姊們述說人類世界有趣的事情，又或者是恐怖故事，因此對於那個她沒見過的世界抱持著淡淡的期待。

話雖如此，過度保護她的父親也再三叮囑人類世界充滿了危險云云，因此雖然已經滿十五歲幾個月了，愛莉雅斯也還沒有去看過那個世界。

今天那些還在青春期的姊姊們，又嘻笑著談她們在地上看到的那個世界的事情。

「欸妳們知道嗎？湘南那邊啊，有玩衝浪的男人。」

「喔喔，衝浪！但在我們看來真的很想說，人類就不要勉強了，待在地上就好啊。」

「沒錯沒錯，就跟以前那個臉長得還不錯、演連續劇的偶像有點像，但他途中被大浪沖倒，瞬間就覺得啊這男人不行啦。」

「說得也是呢。」

對愛莉雅斯來說，完全無法想像那齣連續劇，又或者是人類大明星的臉龐。

只要自己還是個好孩子，就永遠無法了解那種事情，雖然努力想像大明星微笑的表情，但這樣太辛苦了，還是馬上放棄。

要是能像姊姊她們那樣，老實說出自己的情緒就好了。雖然與她們血緣相連，愛莉雅斯卻相當不善於表達自己的感情。她很害怕，老是忍不住思考著之後的事情。是理性妨礙了她。

就在此時，國王一臉嚴肅地來到客廳。

「今天據說會有十年才一次的暴風雨來襲，雖然這個資訊還沒有在地表上傳開，但暴風雨馬上就要來臨，現在出海的船隻恐怕已經沒救了。」

沉重的空氣一瞬間瀰漫了整個房間。人魚公主們的工作，幾乎可以說就是為了這天而存在的。她們的工作正是用自己的救贖之歌，對那些由於暴風雨或災害而葬身深海中的人類靈魂伸出援救之手。

由於這個工作是交付給已經能夠上到淺灘的成人人魚，因此這也是愛莉雅斯第一次工作。她的心情相當複雜，到現在她都還沒見過那個人類世界，自己真的能做些什麼嗎？不安幾乎要擊潰她的內心。

在暴風雨的夜晚，愛莉雅斯和父親與姊姊們在狂風暴雨中一起朝海面上前進。一片黑暗的海上有燈光亮著。她們倒抽了一口氣，這表示有無論如何都無法拯救的數百條性命。

但是到船隻附近她們就明白了。那些開著宴會的人們彷彿根本沒注意到狂風暴雨，充滿活力的笑容完全背叛了公主們的擔心。

雖然人魚們並不知道，不過船上的螢幕正大聲播放著嘲笑自殺是無恥行為的電影。沒錯，這艘船是為了讓那些拋棄人生而來之人享受最後一次宴會而準備的。

「沒有什麼想見面想到心痛的對象，我們在不摧毀消費社會的情況下一路活到現在！」

「我們和那些根本沒注意到家庭餐廳有多奢侈的大人們一點都不一樣！」

他們朝著海面吶喊生前最後的話語。愛莉雅斯不禁愕然，這就是人類嗎……

正當她目瞪口呆時，有個裝了棕色液體的瓶子從愛莉雅斯頭上飛過。她後來才知道那是批發的便宜威士忌。

猛然轉頭看向姊姊們，她們已經開始準備要唱救贖之歌，正從包包裡拿出手鈴開始排練。看來似乎完全忘記了先前從未加入的愛莉雅斯。

這些對愛莉雅斯來說全部都是前所未有的體驗，因為不知該如何是好，緊張到相當口渴。

人類的飲料，人魚應該也能喝吧？她伸手拿起在水面上浮浮沉沉的廉價威士忌，一飲而盡。

「什麼？這個究竟是……」

喉嚨像是被灼燒一般發燙，全身熱到幾乎能夠知道這個液體正在身體的哪個部分流動。之後身體充滿了暖呼呼、彷彿曬著太陽的感覺，她也知道自己變得越來越興奮。

在這片暴風雨當中，人類明明心浮氣躁拚命罵著各種髒話，但在她的心中，幸福的情緒卻越來越強烈。她感受到自己先前壓抑的情緒一股腦兒湧了上來。

「一切都是放屁！」當她吐出這句話，全身立刻感到無比舒暢。身上所有的細胞馬上理解到，這就是自由啊！

而就在此時，她忽然注意到有一名青年嘴裡噴著那不知名而金光閃閃的東西，以似乎自己就要從船上掉進海裡的氣勢吶喊著些什麼。

她靠了過去仔細聆聽。

「我呀，上了大學之後一個人生活，爸媽給我的錢根本就不夠，所以我為了那女孩每天都打工到三更半夜，想著每次都送她高貴的首飾，她肯定會跟我交往的，連我的遊戲和漫畫也全部賣掉了拿去買東西，結果根本毫無意義！我認真面對這份戀情，結果只是被人耍著玩，大家肯定都在笑我。等我回過神來才發現朋友都離我而去、我也確定必須留級了，而且我不小心跟奇怪的地方借了錢，每天都有恐怖的人打電話來。這種人生，拜託讓我跟遊戲一樣重新來過，趕快前往下一關吧！」

下個瞬間，那名青年就跨越了扶手，用力將自己投向海中。

醉醺醺的愛莉雅斯全身被憤怒淹沒。無論發生了什麼事情，她都無法接受一條性命被如此隨意對待。

「你也太小看人生了吧？」

愛莉雅斯抱著昏過去的青年，拚命擺動著因為怒氣和酒精而燥熱的尾巴。怎麼能讓你就這樣死掉！誰要幫你唱救贖之歌啊！她將青年搬到海邊，輕碰了青年的臉頰說著。

「不要放棄、只要活下去，一定會有覺得『太好了』的瞬間降臨的。將來某天我們再來核對這件事情吧。」

由於岸上似乎有人影靠近，她便在被發現之前連忙回到海裡。

愛莉雅斯回到城堡以後，從滿身疲憊且消沉的姊姊們面前經過，馬上進到自己的被窩裡。暖呼呼的興奮感雖然已經退去，但那讓人吃驚的經驗、還有這次的相遇都使她的內心紛擾。

「我、我……想再看一次。」

閉上眼就會浮現出那情景，光是回想就心頭小鹿亂撞。身體明明累到不行，卻完全睡不著。

「這就是姊姊們常看的那些少女漫畫中的臉紅心跳嗎……」

沒錯，愛莉雅斯完全陷入了戀愛。

「那個大大的、帶來幸福的瓶子……我想再看一次。」

第二天起，愛莉雅斯就在城堡周邊到處奔走。或許那個裝有帶來幸福液體的瓶子，會掉落在某處也不一定。她心裡想著，或許能夠找到的。

但是找了一整天也沒能發現那東西，第二天、還有接下來的日子她也都在尋找。

父親和姊姊們看著不常出城的愛莉雅斯活力十足地在外頭散步，都感到無比溫馨而默默守護著她。但她其實只是拚了命地在找人類世界那個叫做「酒」的東西。

愛莉雅斯終於下定決心，這或許是她人生中第一次為了自己下的決定。也就是她打算要去拜訪那個人魚們都相當厭惡且忌諱的魔女。她想起以前姊姊們談過魔女的事情。

魔女可以實現任何願望，但是據說要付出非常可怕的代價。

不過，對於酒的思念遠勝於恐懼，因此已經沒有人可以阻止她。

「父親，對不起。我想成為人類再次與那種飲料相見，我第一次有這種心情。」

愛莉雅斯半夜悄悄溜出城堡。

她游了好一會兒，過往那種周遭有魚類的氛圍也逐漸薄弱、水壓讓她的身體變得沉重了起來。但她還是繼續向前游動。

魔女的住所，位於海洋深處的一個詭異地方，四處徘徊著眼睛閃爍的奇異生物。

穿過那不知道是海帶還是海菜的門簾，她敲了敲門。聽見有人說「進來吧」的同時，門也「嘎吱」地開啟。

眼前是某個彷彿大王烏賊之類的東西，搖擺著觸手端坐在那生鏽的王座上。

對方相當敏銳地挪動著觸手，大快朵頤著放在桌上的壽司。愛莉雅斯壓根沒想過要吞下肚的海中同伴，都被剝了皮放在那兒，而魔女看起來吃得津津有味，她看了不禁全身起雞皮疙瘩。

「有什麼事？」

魔女沙啞地詢問著。

「那、那個……請把我變成人類！」

愛莉雅斯因為太過害怕而顫抖著，猛然大吼了出來。

「人類？」

魔女反問了一次，立刻從鼻子哼了一聲笑著。

「小姑娘，妳該不會是愛上人類了吧？」

她說得胸有成竹。愛莉雅斯在心裡想著「其實不是呢」，但她明白人生的教訓中有一條就是「不要多嘴」，因此乖乖點了頭。

「好吧，如果對象和其他人結合的話，妳就無法變回人魚了。會變成泡沫消失喔。」

「我明白了，沒有關係。」

魔女稍微頓了頓又繼續說下去。

「屆時海中的人也會忘記妳，彷彿妳從來不曾在這片海洋中生存過。」

愛莉雅斯瞬間掙扎了一下，但她仍然用力握緊拳頭、重重地點了點頭。

魔女放下她正拿著壽司的觸手，開始往大釜裡丟入魔法要用的材料。鹽漬辣味烏賊、鮭魚片……愛莉雅斯就這樣愣愣地看著那些她從未見過的詭異生物被丟進大釜。

就在魔女啪地一聲打響觸手後，一片藍色火焰熊熊燃起，愛莉雅斯的喉頭也被奇怪的光線包圍。然後她就這樣昏了過去。

醒來的時候，愛莉雅斯已經在海岸上。

她緩緩地撐起身子，發現自己已經沒有了尾巴、反而長出一雙腳，她高興地大喊著。

「我成為人類了！」

總之就先撿起海灘上破破爛爛的衣服穿吧。

雖然憑著一股傻勁來到了人類世界，卻還是不知道那種夢幻液體究竟會在哪裡。愛莉雅斯盯著海面思考接下來該如何是好。

就在她邊踢著被打上岸的珊瑚，邊煩悶地散步時，忽然有個中年男性來向她搭話。

「這位姐姐，妳跟這裡熟不熟啊？妳知不知道哪裡有比較多魚呢？」

「那邊總是會有很多海中同伴唷。」

正在發愣的愛莉雅斯脫口回答。那位男性活力十足地道了謝，瀟灑地消失在愛莉雅斯所指的方向。

「糟了，人類是為了抓魚才會這麼問的吧？我竟然沒有考慮到這點就直接告訴他了，我是個出賣夥伴的人魚，實在太糟糕了。」

發現自己犯下無法彌補的錯誤，愛莉雅斯感到非常絕望。她心如死灰地跪在海邊，流著眼淚不斷對海中的夥伴們述說道歉的話語。

等到太陽下山，剛才那位中年男性揮著手回來了。

「喂～！小姐，我釣到好多喔！妳看看！」

愛莉雅斯被迫看到了殘酷的場面。保冷箱裡躺著許多樣貌慘烈的夥伴們。身上有著漂亮鱗片的魚兒們雖然還痛苦地在呼吸，但沒幾秒後就筋疲力盡地翻了白眼、再也不會動彈。

那名男性毫不知情，還笑著對她說：「真是謝啦，先前都沒發現那種地方竟然有魚呢。小姐真是我的恩師，為了道謝讓我請妳一杯吧。」

老實說愛莉雅斯現在並不想和人類在一起，卻又無處可去。雖然不知道他說的「一杯」是什麼，總之還是跟著他去了。

在那熱鬧的大眾餐廳裡，端到她眼前的是閃爍著金黃色光芒的飲料。正當她想著這是什麼時，男人卻催促她：「好啦，快喝啤酒吧！」

在男人催促下，愛莉雅斯啜飲了一口那被稱為啤酒的金黃色液體。

沒多久，「乾啦」這兩個字就支配了她的腦袋。麥子的香醇與她從未體驗過的苦澀及爽快感，將她腦中所有思緒一把揮開的舒爽感。

「就是這個！我終於找到啦，這就是我在尋找的那種感覺！」

愛莉雅斯忍不住一口氣喝完那杯飲料。

用袖口一把擦掉殘留在唇邊的白色泡沫，周遭的人竟然接二連三鼓掌起來。

「第一次看到可以在五秒內一口氣乾掉大杯啤酒的女生！真不簡單，今天妳點什麼都由我來付帳！妳儘管點！」

每多喝點酒，愛莉雅斯就不再有罪惡感。

有如在雲端午睡般舒適——此時桌上已經擺滿大量只剩下泡泡的啤酒杯，以及日本酒的大瓶五六個。

「妳還真是酒豪啊，看著就覺得心情很好呢。」

每當愛莉雅斯喝乾什麼，周遭的客人就越來越鼓譟。一起前來的那位男性早就醉倒趴在桌上，不過他們的周邊圍滿了其他人。

從小小酒瓶裡倒出來的透明液體，就在大家喊著乾杯、以及為彼此倒酒的容器碰撞發出聲音的同時，瞬間就消失了。

其實已經喝不出什麼味道，但真的非常開心。就在她能夠打從心底笑出來的時候——

「這個是招待，給妳的。」

對於她豪邁的樣子感動萬分的店長，將一個盤子推到愛莉雅斯的面前。

上面放的是一些炸的東西、起司以及夾了塔塔醬的漢堡。油炸食物的香氣加上有如雲朵般軟綿綿的圓麵包。平常愛莉雅斯對於第一次看見的食物肯定會懷抱畏懼與不安，但如今微醺的她絲毫不在意，反而感到非常好奇。

「謝謝你！那我開動了！」

愛莉雅斯張大嘴巴咬下。喀地一聲，裡頭那炸過的東西穿過麵包奔馳在嘴內，還有塔塔醬的柔和風味與起司的鹹香。

「太好吃了，我連臉頰都覺得痛，第一次這樣呢！」

愛莉雅斯按著臉頰。店長和老顧客們也萬分滿意地看她微笑地咬著食物。

「這到底是什麼？」

聽見愛莉雅斯發問，店長滿臉笑容地回答。

「魚堡啊，是這個地區的鄉土料理。」

愛莉雅斯的心臟瞬間停了一拍。

「魚……魚是說，海裡的……魚……？」

「沒錯。是大量使用剛抓到的新鮮白肉魚做成的魚堡！」

愛莉雅斯猛然哭了出來。

剛才那漂亮笑臉忽然轉為哭泣聲，一旁的人們也不禁慌張了起來。

「小姐，妳沒事……」

正當店長畏畏縮縮地打算關心愛莉雅斯，她卻打斷店長大吼著：

「我第一次吃魚！這實在是太好吃了！請再給我酒！」

愛莉雅斯馬上努力地一口啤酒一口魚堡，專心一意地吃喝著。

什麼對於海中夥伴的罪惡感，還是道德倫理之類的東西早就煙消雲散。愛莉雅斯在酒精之下已經解放了她的理性，只能看見當下「好吃」的這個慾望。

「炸的魚居然是這麼酥脆的東西，裡面卻如此柔軟。真好吃！」

而且這跟那被稱為啤酒的酒類實在太對味了，喝了啤酒就想吃炸魚，吃了炸的東西就會想喝啤酒，實在停不下來。

「我已經不是人魚而是人類了，或許我就是為了大量吃魚、大量喝酒而出生的。」

愛莉雅斯和店裡的人唱著歌，忽然醒悟到這個道理。

「小姐，妳跟捕魚熟不熟啊？方便的話下次要不要一起去捕魚？剛抓上來的魚超好吃的喔～幫我的話我也會請妳喝酒的，會負責照顧妳啦。」

白天那男人問著。這女人穿著破破爛爛的衣服、又沒吃過魚，看起來應該也無處可去吧。男人或許是這麼想的。

就在愛莉雅斯要喝下那被稱為芋燒酎[5]的液體之前，聽到男人出其不意如此邀約，由於她正開心、而且又有酒，便馬上回答：

「還請務必讓我一起！因為我跟大海很熟！」

反正她也無處可去。

從那天開始，愛莉雅斯就成為城鎮上最厲害的海女。

她除了知道哪裡會有魚以外，就算現在已經成為人類，還是能像以前游得那麼快去捕魚。

稀奇的魚、當季的魚，潛到海裡以後，她只要用魚叉或者徒手，就能抓到新鮮又活跳跳的好魚，總讓周遭的人大為吃驚。

每當她抓到魚，總是引來一陣喝采。城鎮上的人將愛莉雅斯當成海神一樣崇拜，就算她不拜託大家，也是轉向左邊就有酒、轉向右邊也有酒。只要她手上拿著杯子，一定會有人殷勤地倒酒。

5. 此處的「芋」指的是地瓜（日文作「芋（いも）」）。燒酎為日本蒸餾酒，常見的原料有地瓜、麥、米，酒精濃度約為二十五度至三十度左右。

有一次，隱隱約約覺得在海的那一頭，似乎能看見一臉悲傷看著自己的姊姊們。但是愛莉雅斯將杯中物一飲而盡，認定那只是幻影、將她們從腦中抹去。

「現在是我最快樂的時候，這才是真正的我。我的人生要由我來決定！」

愛莉雅斯將空酒瓶丟向海裡。順帶一提，她還丟了原先叉著烤得金黃酥脆、鹹度適中相當美味的鹽味竹筴魚的竹籤。

有一天，正當她躺在海岸邊休息，有位穿著西裝的青年坐了下來。那青年的眼睛凜然有神，和眼眶因為酒精而下垂、彷彿狸貓般的愛莉雅斯成了對比。每當風兒吹過，青年穿的西裝就染上一些沙塵。即使如此，他還是一臉嚴肅地盯著海面。

看向愛莉雅斯的那一瞬間，青年臉上浮現了驚訝的表情，卻又馬上低下頭開始向她說話：「抱歉，妳和以前在這片海洋救了我的女性很像。」

「我以前真的相當糟糕，後來自暴自棄開始酗酒。甚至想說乾脆死一死好了，和許多志同道合的夥伴聚集在一起，然後在海上開個死亡宴會。」

青年也不管對方有沒有在聽，自顧自的說了起來。愛莉雅斯一天到晚都被那些毫不顧忌別人就自己說了起來的漁夫們包圍，所以倒是很習慣這種情況。

「我喝醉所以昏了過去，記得不是非常清楚。但是好像有個童話故事裡面才會出現的美麗人魚女性救了我，最後還跟我說了：『不要放棄、只要活下去，一定會有覺得太好了的瞬間降臨的。將來某天我們再來核對這件事情吧。』她的這句話留在我的腦海裡，所以我拚了命地想著要活下來，而且要好好重視自己。」

就在這瞬間，愛莉雅斯的記憶排山倒海地湧現。該不會是初次遇到酒那天的那位青年吧？

他略帶寂寞地笑了笑。

「不知道是不是我自己在做夢呢？真想再見她一面。雖然不知道她是不是真的存在，但我總想著她在海中某處，所以有時下班後就會過來。」

夕陽映照著青年，他的眼神已不像那個暴風雨之日那樣陰沉，而是充滿了生存的活力。

「後來我順利就業，是個很棒的職場，已經工作第四年了。每天可以準時下班、也幾乎不用加班，我還有很多無可取代的好夥伴，以及很愛的女朋友。我也是當成要來報告這件事情，所以今天才會過來。」

不斷自言自語的青年無名指上，有個閃爍著銀色光芒的戒指。

「真希望能告訴那個人，我想跟她核對答案呢。」

沒想到會在這種情況下與那天的青年再次相見，對愛莉雅斯來說也是預料之外。她舉起隨身的酒瓶，咕嘟喝了幾口威士忌冷靜下來。

「哎呀，這不是很好嗎！有喜事就該喝酒，來，乾杯！」

愛莉雅斯在海邊撿了個形狀看來還行的貝殼，用海水沖掉沙子以後，倒了酒遞給青年。

「我想你的人生一定能夠相當充實，不需要對答案的！」

愛莉雅斯向青年笑了笑，他便將威士忌一飲而盡。

「有人這樣對我說，總覺得也得到一些回應了。唔，雖然這樣有些唐突，不過我明天就要和女朋友結婚了，妳要不要來參加婚禮呢？」

青年拍掉西裝上的沙子，站起身來從手提包中拿出一個白色信封。

「今天能在這裡遇到和那天的人魚長得很像的妳，我想一定是有什麼意義吧。要是有時間的話請務必來參加！不需要包禮金，就當成是來吃頓好的、玩一趟吧。」

青年最後對著海洋大喊「謝謝！」之後便轉身離開。

「吃頓好的啊……明天正好休假，應該可以吧。」愛莉雅斯對於第一次要去參加結婚典禮這種人類特有的活動，感到相當興奮。
愛莉雅斯回到村子裡向大家說自己要去參加結婚典禮，漁夫的太太兩眼發亮的說：「愛莉也交到朋友啦，太好了！」
「妳該不會打算就穿那樣去吧？那是潛水服耶。這樣實在不好，婆婆我有件衣服雖然舊了點，妳還是穿這件去吧。」
拿到愛莉雅斯面前的，是件亮片閃爍著光輝的白色短洋裝。
「謝謝！」
因為人類對自己如此溫柔，愛莉雅斯忍著不讓眼淚流下，在睡前只喝了三杯龍舌蘭便早早上床了。

第二天一早，陽光反射著海浪閃閃發光，是個海風涼爽而舒適的早晨。

愛莉雅斯穿上那件白色洋裝，在鏡子前轉了一圈。身上的衣服與平常不同，就連一大清早眺望著海面喝下的檸檬沙瓦，那深入鼻腔的柑橘香氣、還有讓略帶睡意的沉重眼睛亮起來的俐落酸味，似乎也特別了起來。一想到稍後要去參加人生第一場結婚典禮，就覺得有些緊張。

會場在一片藍色背景前，海洋一直延伸到地平線的另一端，與天空融合在一起。

所有人都穿得相當美麗，開心聊著天。

雖然愛莉雅斯不認識這裡的半個人，但並不覺得哪裡不舒服，甚至因為那四下溢出的魚貝類小菜香氣，以及她最喜愛的刺鼻酒精氣味，讓她感到幸福。

愛莉雅斯一口氣喝乾入口處發給她的香檳，看見身旁經過一名身穿黑色服裝的男性，手上拿著銀色托盤分發鮭魚冷盤，她便伸手拿了那小菜，與致也進入最高昂的時刻。她意氣風發地走向那陳列著她心愛酒類的吧檯。

香緹、琴湯尼、馬丁尼……

她看著漁夫們所在的居酒屋中從未見過、那些有著咒文般名字的酒類，彷彿自己被招待到了一場舞會。

「我要這個、這個、還有這個！」

愛莉雅斯照著酒單的順序一口氣各點了三杯。

調酒師雖然有些驚訝，但想著或許她是連朋友的酒一起點了吧，因此並沒有太在意這件事情。

愛莉雅斯將杯子放在會場角落的小桌子上，幸福地嘆口氣，喝乾了所有酒。

「結婚典禮居然能夠喝到這麼好喝的酒，這宴會真是太幸福了吧！」

她隔著玻璃，怔怔地望著水槽裡的熱帶魚們。

典禮終於要開始了，來賓們都站了起來看典禮進行。愛莉雅斯也一手舉杯看過去。不知是否因為她將酒單全都喝了一遍、又或者是因為穿不習慣高跟鞋，也可能是因為現場的氣氛，愛莉雅斯感到有些暈眩。

喝了酒以後，感情會變得更加豐沛，會覺得別人的幸福就好像是自己的幸福一樣，沉浸在相同的感覺當中。

「我也會遇到比酒讓我更愛的對象嗎？」

愛莉雅斯感動不已，一口氣喝乾了白蘭地。

接著她又點了五杯白蘭地，然後在一旁的自助區裝了一整盤海鮮。閃閃發光的鮭魚冷盤、抹上鯷魚醬的塔巴斯、放了大顆牡蠣和干貝的西班牙橄欖油蒜味料理。

愛莉雅斯平常生活在被鄉下漁夫們包圍的生活當中，西餐對她來說非常稀奇。她將所有沒品嘗過的東西都吃了一遍。

當愛莉雅斯用叉子挑起鮭魚冷盤送進嘴裡時驀然想著：

「要是遵照父親說的話，那麼我能否找到和我一樣是人魚而且彼此相愛的對象，而不是酒呢？」

忽然有個聲音像是回音般混進了響徹小提琴旋律的腦海中。

「小姐！妳掉了東西。」

對方是位和愛莉雅斯差不多高的男性，撿起了從她的耳朵上掉落的珍珠耳飾遞還。

「哎呀……真抱歉……我都沒發現……」

見愛莉雅斯說話的節奏似乎有些奇怪，他溫柔地笑著說：「看妳的臉這麼紅，我有點擔心妳是不是身體不舒服。我們之後再一起乾杯吧！」輕輕點了個頭之後他便馬上離去。

愛莉雅斯用右手摸著耳環，想著：「說不定這個相遇也是一個新的開始呢。我要在自己選擇的世界拚了命地活下去。」

海面在陽光照射下閃閃發光，這片蕩漾的景致曾是自己所愛、卻已經再也見不到、早就失去的真正家人。雖然有時在夜裡會覺得寂寞，但酒總是能溫柔地環抱我。

除了酒以外，只要不放棄、好好活下去，一定會有覺得「太好了」的瞬間降臨。

將已經涼掉的蒜油料理送進嘴裡，再次感受到那被稱為海中牛乳的牡蠣有多麼美味。

「今天的魚也超好吃，果然我還是愛酒愛到不行呢。」她又將剩下的白蘭地喝完。

就在此時，牧師站在青年和新娘之間，低聲說著：「請交換誓約之吻。」

他緩緩地掀起了遮住女性臉龐的那薄紗蕾絲。就在兩個人紅著臉接吻的瞬間，愛莉雅斯開始覺得身體有些怪怪的。她不斷起雞皮疙瘩。也發現自己的體溫越來越低。

愛莉雅斯從後面的大門離開了會場。她腳步不穩地撞上了會場裡隨處可見、魚兒還在悠游的水槽。哐噹一聲，隨著玻璃破裂，水也以破竹之勢流洩出來。

失去水的魚兒們啪搭啪搭地拍動著尾巴。

她回想起自己曾看到那保冷箱中閃著漂亮鱗片的魚兒。就像那時候的魚一樣，這些孩子或許也馬上就會死掉呢——之後她眼前一黑，倒了下去。

雖然想說些什麼，開口卻無法發出聲音。會場裡傳出明亮的「恭喜！」及鼓掌聲。愛莉雅斯激烈的心跳怦咚怦咚與那鼓掌聲重疊在一起。遠遠地有人影靠了過來。就像要吞噬愛莉雅斯一樣，影子越來越大。

「糟、糟糕了！有沒有人啊！有個女生口吐白沫倒在那邊啊！」

遠遠地似乎有誰在說話。

是不是得意忘形喝了太多酒啊？真的好想睡。就在這裡睡一下好了。

「真的啦，剛才有個女的口吐白沫倒在這裡啊！」

「說什麼傻話，應該是你看錯了吧。快回去工作。」

穿著黑色服裝的男人快手快腳地收拾著破碎的玻璃。

「這件白色洋裝是誰的啊？」

就在他伸手拿起那件被生猛魚兒們拍打、淹沒在泡泡當中的純白色洋裝的瞬間，泡沫便咻地全部消失在空氣中。

·溺戀人魚·

初戀的威士忌	40ml
暴風雨及雷雨	10ml
群魚的怨恨	1tsp
夢幻破滅的泡沫	最後放上

大熊熊大

「小南南，我、我發誓會永遠支持妳！下次演唱會見！」

「好的，時間到了。下一位～！」

在這充滿了蒸氣以及刺鼻汗臭味的小小地下箱子裡，是一群以大叔為主的集合體。

在分成四列的隊伍中，偶爾也混入了看起來像是學生的雙人組、又或者是包包上掛了一大堆吊飾的女性。

所有人都緊捏著那被汗水浸溼的小小紙片，而隊伍前方是幾名身穿光芒閃爍的服裝、左右搖晃著大捲髮盡可能擺出惹人憐愛表情的少女，朝著那些彷彿一臉寫著「可以了嗎可以了嗎」的狗狗般等待的人群露出笑臉。

「你今天也來啦，我好開心喔！我一直在等你呢。」

「今天的拍立得要用什麼動作拍呢？」

和樂融融又毫無重點的對話在這潮濕的空間中交錯。

綁在馬尾上的蕾絲緞帶飄揚著，穿著以水藍色為主服裝的少女名為小南。部分粉絲似乎會叫她「小南南」。

沒錯，她們就是所謂的地下偶像，而這些排隊的人們就是她們的粉絲。

「小南南，我今天想用這個動畫的姿勢跟妳拍照，妳過來這邊一下。」

一個頭皮油油亮亮、穿著骯髒短袖的男人向她招手。那個男人在小南踏出腳步的瞬間，絆了她一下。很顯然是故意的。

「危險！小南南真是粗心大意哪。」

男人假裝下意識地抓住她，但也只抓住小南的手臂那麼一秒，便和站在一旁的工作人員對上視線，立刻就放開她白皙纖細的手臂。

「嘿嘿，田中先生真是溫柔呢。抱歉我這麼粗線條。」

小南一臉愧疚地道歉，似乎根本沒發現自己其實是被絆倒的。

她所隸屬的團體，是完全禁止粉絲和偶像直接碰觸的。在拍照的時候，就算是兩個人一起用手比出一個愛心，中間也必須稍微空出一些縫隙。

「謝謝你的支持！」

油性筆嘎地一聲從剛拍好的照片上滑過，寫上可愛的圓圓文字和打了個星星的簽名以後，小南將照片遞給那男人。

「小南真的很認真呢，既天真又認真。要是妳不好好抓住我，讓我換了支持對象，那可就糟糕啦。」

看著感到有些不解的小南，男人一臉嫌棄地以高高在上的態度說完這些話，又重新排到其他成員的隊伍去。

不知該說是好是壞，小南真的非常遲鈍，所以似乎也不覺得對方的話語中帶有惡意。

演唱會後的簽售活動結束後，打開那被稱為「美妝」的後製APP，和其他成員們一副感情要好地將臉頰貼在一起，拍了好幾張照片。接著甚至沒有開口說什麼一起吃個飯吧，便就地解散。

她們絕對不是感情不好，但成員們充其量就是工作夥伴。或許大家心裡都想著不要將距離拉得過近、建立適當關係就好吧。

小南和平常一樣，拿下蕾絲緞帶、換成不太顯眼的私人服裝以後，搭上電車回家。

畢竟她是地下偶像，也不是多麼有名，所以並不會有人負責接送。不過其實在那相當疲勞的演唱會後，真希望自己不需要拚死睜開朦朧的眼睛，能夠搭上那坐下就可以把自己送回家的計程車。

但目前都是靠簽售活動時和粉絲合照得到的錢才過得去，每個月都很拮据。

「這種時候要大家一起克服萬難，所以還是忍著點吧。」她今天也努力說服著自己，一路閃避那些醉醺醺的上班族，抱著沉重的行李等待電車抵達離家最近的那一站。

小南一個人住在離車站有些距離的兩層樓公寓。離車站遠一點，房租就比較便宜，最重要的是能和作為心靈支柱的愛貓一起住的房子，也就只有那兒了。

貓咪的名字叫做「波克」，是在小貓時期就領養來的女孩子。

「今天拍照的報酬似乎比平常多了一點，先去買點好的，獎勵看家的波克吧。」

小南去了離家最近的那間超市，將廣告說「貓咪的最愛！」那款零食條地丟進購物籃中，又拿了自己要當成晚餐的半價炒飯和國寶茶去櫃檯結帳。

她和平常一樣，用耳機大聲放著從前就相當憧憬而追逐的偶像團體歌曲，哼著小調走在夜晚的道路上。就在要進入副歌的瞬間，曲子戛然而止、換了另一個聲音。小南驚訝地「哇」了一聲。拿起手機，響徹四周的是來電鈴聲。打電話來的是小南的母親。

「媽？我正回家！演唱會剛才結束了。」

獨自到外地工作的父親一個月才回家幾次，她的母親或許是因為一個人在家相當寂寞，所以經常打電話給小南。

「我快到了！掰掰囉。沒問題啦，這附近的治安沒有那麼糟。我知道啦，我會拿掉耳機。晚安。」

小南說著便掛了電話，將耳機拿下來。

「媽也太會操心了吧。」

雖然明知耳機線沒捲好就塞到包包裡肯定會打成亂七八糟的結，但小南實在太累了，還是一把塞進包包裡。看來她似乎乖乖聽從母親的勸告，明白走在夜晚的路上相當危險這件事情。

一到家，波克在黑暗中喵喵叫，來到小南的腳邊。

「對不起啦，我現在就弄你的飯喔。」

小南將超市的袋子丟在地板上，用撒嬌的聲音喊著貓咪的名字。剛把罐頭拿給波克，牠就不繼續叫了。

「哎呀，又掉了。波克真是個愛胡鬧的孩子。」

小南在一片寂靜中自言自語，抱起了躺在地板上的熊熊布偶。

「不要老是欺負熊大嘛。」

拍掉布偶上的灰塵，輕輕放在枕頭邊，順便把脖子上那條紅色緞帶也重新綁好。

這個熊熊布偶被命名為熊大。它閃爍著有如動畫角色一般的黑色眼瞳，是大家都曾在某處見過的那種，相當普通的泰迪熊。

這個熊熊布偶是難得見一次面的父親，去國外出差的時候帶回來的禮物，對小南來說一直都是寶物、也是她唯一的朋友。小南說每晚抱著它睡覺才覺得安心。

小南知道偶像的世界其實相當黑暗。如果在聯合演唱會上對感情比較好的人過於敞開心胸，事情就會被公開在網路上。先前還看過很多偶像被告發某些事情，雖然根本沒有證據，卻還是被迫離開團體。

就算小南相當遲鈍，她也知道要好好劃清界線、別說太多自己的事情。但有時還是會感到孤獨，也會覺得沒一個能夠敞開內心好好談話的朋友實在相當寂寞。這種時候，她就會緊緊抱住那熊熊布偶，試圖打消寂寞。

「從以前就想成為偶像！」她一直有這樣的夢想，因此穿著明顯帶荷葉邊的粉彩色系可愛服裝，上學的時候也和那個站在舞台上的女孩一樣梳了兩邊綁緞帶的髮型。或許是因為如此，隨著年齡增長，小南也開始與周遭格格不入。

「那傢伙超自戀的，好噁心。」

在得知暗戀的男孩子背地裡這樣說自己之後，小南在廁所靜靜地哭泣。這種時候，小南總是只能找熊大商量。無論何時，熊大總是專注聆聽，它是小南的心靈依靠。

幾乎是高中畢業後，她就開始從事偶像活動。而畢竟考量到世俗目光，因此她還進了私立大學兼顧事業與學業，已經獨居了將近半年。搬家的時候，為了盡量減少費用所以只用了少少的紙箱來裝東西，其他就塞進後背包、手提包和行李箱裡面直接移動。那個時候，好朋友熊大曾經掉在半路上。

幸好走在她後面的人撿了起來，小跑步追上她說「妳掉了這個唷」，才沒有弄丟它。

要是弄丟了最喜歡的父親送的獨一無二朋友布偶，一想到它可能會因此前往垃圾場，小南就覺得心痛。

之後只要看到熊大相當寂寞地掉在地板上的樣子，小南就會心如刀割。

炒飯只吃了一半、什麼東西都沒收拾就開始滑手機，沒一會兒小南就這樣沉沉睡去。

看來是真的非常疲憊呢。波克也在她的腳邊發出咕嚕咕嚕的聲響，將身子縮成圓圓的。

『哎呀呀，又沒卸妝就睡著了。馬上就能浮現她明天慌張的樣子……』熊大像個老媽子般在心中碎念著。

——我是最能理解她的人。而且也比任何人都在她身旁支持她（是這麼打算的）。雖然我不能動也不能說話，但我可以給她愛。「就算沒有言語，愛仍然存在。」應該有什麼人說過這句話吧。

熊大今天也在黑暗中凝視著她的睡臉。

『妳一定會成為頂尖偶像的唷。絕對會的。』

為了祈求她的願望能夠實現，熊大每天晚上都會向星星祈禱。

據說布偶有著神奇的力量，熊大或許就是其中之一。雖然她的願望「成為頂尖偶像」不一定能馬上實現，但若是些小願望，只要熊大祈禱過後，很神奇地經常都會馬上實現。

這樣是否能多少支持她一些呢？

『好好睡唷。』熊大今天也睜著亮晶晶的黑色眼睛感謝和平。

早上了。

小南睡到接近中午，波克啃咬著她的腳，彷彿是在說「快點起來啦」。小南揉了揉惺忪的睡眼緩緩起身。

昨天忘了卸掉的睫毛膏與眼影的亮粉，都沾到了小南的手背上。

「又來了啊啊啊～」

悲痛的哀號響徹整個房間。

「我又沒卸妝就睡著了啦！我只是閉一下眼睛而已啊！」

走向洗手間，用淺藍色的髮帶固定好頭髮，用不久前在藥妝店買的卸妝用品一步步卸掉昨天的妝。

早上一起床，就要先打開ＳＮＳ。小南已經養成了要先確認昨天晚上上傳的照片有幾個「愛心」的習慣。

雖然這樣對於自己的精神來說實在不太好、也不希望自己因為愛心的數量就擾亂了心情，但還是努力告訴自己，當今的時代從網路紅起來的例子多不勝數，因此這是必須要做的事情。畢竟有時候也會因為粉絲的留言而受到鼓勵。

「咦？我覺得以我自己來說弄得挺漂亮的啊。畢竟我的眼睛不像其他人那麼大、眼袋又超級顯眼，這也是沒辦法的吧。」

看到愛心的數量比先前還要少，小南似乎非常失望的樣子。熊大在棉被上盯著她這樣子瞧。

『小南的魅力可不是只在臉上呀。她非常努力又不孤僻，也會老實尊敬他人，這些都很棒呀。』

就算知道小南聽不見，那緊閉的嘴巴還是拚了命地為她加油。

結果那篇投稿的愛心和回覆忽然就開始增加了。

真是神奇。小南說著：「什麼嘛～原來大家只是晚上還沒看啊。」一臉安心地恢復笑容。

「今天也來練習舞步吧！副歌那段的動作，我老是做不好呢。」

小南自言自語說完，便踩著輕快地腳步走向浴室打算洗澡。

『看吧，我就是有這樣小小的神奇力量唷。』

熊大又被波克咬起來，咚地落在地上。

她家會有定期送來的包裹。

小南先前在其他成員建議下，將購物網站的「願望清單」投稿到SNS上。

這是可以讓看到清單的人能夠匿名贈送禮物的系統，實際上真的有粉絲就送了清單上的東西。

熊大覺得，雖然清單是可以匿名的，但畢竟還是會自動顯示出收禮者前半段的地址，因此很擔心小南居然完全沒有感到不安。

『熊大我很擔心哪。要是妳發生了什麼事情，我又不能動，就只能祈禱呀。』

某個沒工作的晚上，正當小南思考著自己生日活動時中場講話要用的文章而在揮筆寫著筆記，那開著當背景音樂的電視播起披薩的廣告。起司在餅皮上融化、上頭還放了許多雞肉、青椒等標準的披薩用料。

隨著肚子咕嘟好大的一聲，小南抬頭看了看時鐘。時針指著二十三點。

「已經這個時間啦。但是……這個時間吃晚餐會胖，還是算了吧。」

她咬緊下唇，看來正在忍受畫面上那披薩的誘惑。

『好棒、好棒。我祈禱著幸福能夠降臨在妳身上唷。』

熊大對著星星許願。

熊大知道自己對小南如此放縱，其實對她並不好，但他還是決定為小南盡最大的努力。

第二天，那已經相當熟悉的快遞大哥送了包裹來。

「是什麼啊……我沒買東西啊。」

小南心中開心地想著，或許是粉絲送來的加油打氣商品呢。當中有清單裡面指定、在藥局非常受歡迎的洗髮精，還有另一個紙箱裡裝著冷凍披薩。確實有時候除了願望清單以外的東西，也會有人多送一些其他的。

其他成員也說，除了願望清單的東西以外，好像也可以另外加東西一起送到，所以小南並不覺得害怕、仍然開心地收下。

「這麼說來，我昨天晚上忍耐著不吃披薩，真是太幸運了。謝謝這位不知名人士。」

小南在表達完感謝以後，就趕緊將披薩解凍作為午餐。那款披薩的麵皮上有許多番茄醬和起司，也就是小南最喜歡的瑪格麗特披薩。

波克和熊大靜靜地守護著她一臉幸福的吃相。

今天是小南滿心期盼的日子，也就是她成為偶像以後第二次的生日活動。

小南為了這天一直相當努力。她重寫了好幾次中場談話要用的文章，右手因為鉛筆芯而染上一片黑色。當天要請其他成員佩戴的相同髮飾，從材料到製作都是她一個個手工做出來的。為了讓粉絲能夠一起熱熱鬧鬧，還想了雙方喊話用的台詞。這些都充滿了小南的愛。

熊大也在一旁始終看著她的樣子，他比任何人都明白她有多努力。在小南離開家裡的時候，熊大對著藍天許願：『希望能一切順利。』

小南直到出門前的最後一刻，都還在背誦著她在活動尾聲要朗讀的信件。在那要向大家表達最大感謝的瞬間，小南不想看著信紙、而是看著大家的臉說話，這是她的誠意。

小南穿上腳跟已經有些磨損的布鞋奔出家門，鑰匙一轉，門內傳出喀嚓一聲。

熊大看了看小南並沒有忘記任何東西，多少安下心來。要是她忘了什麼，那麼只要熊大祈禱一番，應該就會平安無事解決，不過他還是覺得，要是太寵小南的話，會阻礙她的成長。

抵達會場以後，成員們紛紛出來恭喜她。看見小南的臉上藏不住的緊張神色，也都對她說著「放鬆點！」還拿了熱茶給她。對於這些相當貼心卻又保持適當距離感的成員們，小南總是心懷感激。

小南只要一緊張，就會打開手機看波克和熊大玩耍的手機桌面讓自己冷靜下來。這也算是她的一種上台儀式。

但就在她看到桌布的瞬間，似乎想起什麼而抬起頭來。一個不祥的預感閃過心頭。

「糟糕，我忘了關窗戶。我肯定是沒關。」

小南臉色愈發蒼白，簡直就像是貧血發作。時間緊迫逼人，秒針拋下全身僵硬的小南而持續前進著。還有十五分鐘，表演就要開始了，此時她卻想起昨天晚上因為夜風相當舒服，為了轉換心情所以她整晚都開著窗戶。

波克總在白天悠哉地盯著窗外飛翔的鳥兒看，牠或許會追著鳥兒跑出去。要是牠追著鳥跑到很遠很遠的地方怎麼辦？波克根本不認識外面的世界，牠很可能會發生交通意外被車子撞。或許再也無法回到家裡。

一旦有了不好的念頭，不祥的預感便接二連三占領心思。這些事情幾乎要掩蓋過她拚命記下的歌曲和舞蹈，整個人陷入不安及焦躁中。

但她仍是個偶像。就算在演唱會途中，波克完全不曾離開她的腦袋，她還是要自己維持笑容。雖然中途因為分心而出了不少相當明顯的錯誤，但表演還是平安結束了。

然而小南卻大感後悔，這些粉絲和成員們為了自己的生日活動而來，自己的表演卻是如此差勁。她討厭自己到幾乎就要哭出來。

但小南還是非常擔心波克，因此在表演結束的瞬間，她就說自己身體狀況不太好，抱歉要先走了，然後像風一般地迅速離開會場。
她後來才知道那天成員和工作人員們為了小南特地準備了一個以她的專屬色薄荷製作、滿滿鮮奶油的蛋糕等著她。

「我回來了，波克！快過來，你在吧？」

小南在黑暗中喊著。因為太過焦急，根本沒能好好按到電燈開關，所以花了點時間才打開電燈。結果波克和平常一樣高聲地「喵凹」靠到小南的腳邊磨蹭著。

「呼……太好了……」

小南在安心的同時跌坐在地，她完全不在意自己新買的白色裙子因為在門口地板上摩擦而髒掉，只是緊緊抱著波克說「對不起喔」。

然後她起身直直走向窗戶，掀開了窗簾。

「咦，窗戶關著？」

小南忍不住再看了一眼那上了鎖的窗戶。

搞不好是自己半夢半醒間覺得會冷就把窗戶關上了。小南幾乎要哭了出來：「我真是個大笨蛋……居然因為這種誤會而搞砸了這麼重要的日子。」

波克走到小南的膝頭上，在小南那全新的裙子上發出咕嚕嚕的聲響，一邊磨蹭著小南、同時兩腳在小南的裙子上搓揉。結果白色裙子上留下了彷彿蓋章般的黑色腳印。

「咦？」

小南連忙把波克抱起來一看，才發現牠的腳髒到都變成黑的了。

「這是新的裙子啊！我今天真的超爛的。」

小南抱起波克直接走向浴室。隨著蓮蓬頭的聲音傳來的是波克試圖逃走而拚命抓著門的聲音以及悲痛的慘叫。

『小南實在太粗心大意啦……真是讓人煩惱。要是沒有我的話，波克可能就回不來囉。』

熊大看著浴室門板，後頭傳來了淋浴的聲音。

小南的確是沒關窗戶就出門了。熊大在波克出去之前發現了這件事情，所以對著天空許願。

願望內容和發生了什麼事情就是秘密了。畢竟布偶是有很多秘密的。

無論過程如何，只要她能笑容滿面地生活，就是我的幸福。

之後又過了好一陣子。最近似乎不流行自拍照片而是短片，所以小南正在練習小學體育課會教的那種簡單舞蹈。

成員每個人都有各自的帳號，也會在留言區互相提到彼此。

那個代表顏色是粉紅色、相當適合綁雙馬尾的成員傳來訊息，小南想著不知是什麼事情而拿起了手機。

「欸，這個現在好像很流行，我們要不要一起做？小南妳很瘦、平常又是比較清純的感覺，我覺得大家應該會因為和印象有落差而覺得驚喜喔～」

點開對方傳來的連結，是一個強調胸部然後扭腰跳舞的可愛女孩身影。小南平常會盡可能避免裸露或者踩線的演出，因為對小南來說，偶像是天真無邪、完全不明白汙穢為何物的女孩。

正想著要拒絕而開始打字，對方又傳來訊息表示：「拜託妳！就當是還我個生日禮！」這讓小南想起那天的事情而無法婉拒。

——真的是不太想做，但這也沒辦法了。

之後因為太過害羞，怎麼也跳不好，最後拍好的影片實在是難以入目。

用不習慣的手法加上愛心從天而降的特效等等，耗費兩個多小時編輯，好不容易才把影片做好。小南嘆了口氣按下投稿鍵。

沒想到螢幕上突然顯示通訊錯誤。

「咦咦，為什麼？等等，我剛才編輯的檔案也不見了嗎……」

小南因為兩小時的努力化為水中泡沫而相當消沉。

熊大看著她的樣子，雖然表情仍然不變，但他其實在生氣。

『我覺得勉強小南去做自己不想做的事情實在很不好，要更珍惜自己的身體啊。粉絲們肯定都是等待著純真的小南呀。』

熊大對著被夕陽染紅的天空許下願望。

『畢竟我必須保護她。』

然而那天小南因為原先要上傳的影片消失無蹤，自暴自棄地放了模仿動畫角色聲音的影片，沒想到竟然大受歡迎，她的追蹤者也瞬間增加了許多。這就是所謂的爆紅吧。

「怎麼這麼幸運……我該不會提前把人生的運氣用掉了吧？好擔心喔……」

就連在幫波克梳毛的時候，手機也一直傳來新的追蹤通知。

於是其他成員也拍了類似的影片而引發話題，小南所屬的團體在網路上開始變得受歡迎。網路的發訊力量及擴散力量實在超乎想像。

她們的歌曲也因此流行起來，國高中的女孩子們紛紛把歌曲用在自己的ＳＮＳ上。

滑過ＳＮＳ的時候，音響三不五時就會傳出她們用甜滋滋的聲音唱出的歌曲〈是否愛上心心眼？〉另外也有大公司提出要幫她們錄ＣＤ，以及為她們製作的意願。小南她們的團體簡直就像是搭雲霄飛車一樣，正要迅速踏出好大一步。

小南她們受到矚目後大約一個月，與一個和她們一樣爆紅的男性偶像團體一起上網路廣播節目。

「宏也就是有在那部連續劇裡面演出的人對吧？真的能看到他嗎？」

「糟糕了，要是跟他對上眼，一定會喜歡上他啦。」

「要不要大家一起問他的聯絡方式？經紀人會不會生氣啊。」

在成員們躁動的時候，小南因為還不太了解男性偶像團體，只能看著他們的網頁拚命記下所有人的臉和名字。

終於要正式上場了。

他們的臉就算不靠後製軟體也五官分明，每個人性格明確，也很會談話，總是在對話中帶領著小南她們。

除了臉以外，內在也非常有實力呢——成員們都相當興奮。

小南是那種應付初次見面者就會相當疲勞的個性，因此節目結束後雖然成員說「我們一起吃飯然後聊聊感想吧～」，小南也難得地婉拒了。

她和平常一樣，踏上電車搖晃的回家路。運氣不錯，眼前正好有空位，她便坐了下來。

因為放在腿上的巨大行李差點撞到附近站著的人，因此小南說了聲「對不起」，抬起頭來才發現眼前是剛剛一起上節目的男性偶像團體的其中一人，他一手抓著電車吊環、另一手則在滑手機。

「「啊！」」

兩個人的聲音重疊在一起，瞬間靜默了幾秒。

名字應該是……叫「蓮」吧。略粗而俐落的眉毛、用髮膠抓鬆的深褐色頭髮，左眼有淚痣，就算戴著口罩也還是讓人感覺到一種艷麗風格。

正想著是否該向對方搭話，蓮卻先開了口。

「妳是小南對吧？剛剛才做完節目就要回家啦？好早喔。」

「我擔心家裡的貓，所以想著早點回去。話說回來你也會搭電車啊。」

「這是什麼問題？我也會搭電車啊，畢竟是人類。」

「我以為你會開車或搭計程車回家。」

「說得也是，其他人可能是吧。我是覺得那樣很浪費錢啦。其實戴著口罩走在路上不太容易被發現呢，而且我不討厭這樣在電車上晃。」

之後又聊了一會兒，到了該換車的那一站。為什麼人總是在對他人開始有興趣的時候，就必須分離呢？

「我得在這裡換車……那有機會再見。」

小南正打算快跑下車，後面卻傳來「等等」的呼喊聲。

「可以交換聯絡方式嗎？」

之後小南和蓮便會彼此聯絡。

他們一起去吃過幾次飯，分享各自喜歡的東西。兩個人一起去看午夜場，小南拚命忍耐不要哭出聲音，結果身旁的他卻大哭了起來。小南忍不住笑了出來。

夏天的時候兩人說想去祭典玩，最好是看完煙火之後再去唱歌，好好鬧一鬧。還說這樣好像情侶扮家家酒喔，他們一起笑了。在回程路上兩人第一次接了吻。

雖然有人覺得當偶像可以戀愛嗎？這樣不算是背叛粉絲嗎？但是小南的團體並沒有禁止戀愛的規定，甚至有段時期半數以上的成員都有男朋友。小南雖然原先堅決想著自己不要走上戀愛的道路、要每天努力磨練自己，然而一旦發現自己喜歡上某個人，就無法壓抑這種心情。還是別告訴其他人吧。

蓮第一次來家裡的那天，小南起得很早，才六點呢。

平常肯定會賴床、根本無法馬上清醒，但是內心充滿期待的日子總是會早起。

男朋友第一次來家裡玩，實在讓人緊張到不行。

「明明見過好幾次面、也常常聊天啊，怎麼會這麼緊張呢？我來吃個冰好了。」

為了讓自己分心，小南拿著湯匙吃起了昨天沒吃完的香草冰淇淋。然後拉過枕邊的熊大，用力抱緊他。

「這可能是我人生中最緊張的時刻吧。」

熊大覺得小南將逐漸遠離自己而有些寂寞，但又覺得只要她幸福就好。小南的好朋友只有我，這樣我就很幸福了。

『但是請不要拋棄我喔，請讓我一直待在妳身邊。』

小南聽不見他的聲音。

要是蓮看到這似乎有點髒的熊熊布偶實在有些丟臉，所以小南把熊大藏在壁櫥裡面。那不曾使用的棉被充滿灰塵的氣味，嘩地從壁櫥中流瀉出來。

熊大緩緩被黑暗包圍。他看不見小南、周遭一片黑暗。

『我已經不用再祈禱了嗎？有點寂寞呢。』

熊大的心聲消失在空虛的黑暗當中。

小南拿出自己練習了好幾次的燉牛肉招待蓮，兩人一起用小小的畫面看電影。真的很幸福。

「我該回去了，末班電車時間快到了。」

蓮一臉遺憾地站了起來，緊緊抱住小南。小南也不希望他離開，但畢竟兩人都有工作，所以沒有阻止他、而是送他到車站。

見小南只穿了薄薄的室內服和拖鞋，蓮把自己的灰色連帽外套披在小南身上。

「這個借妳，下次見。」

他的氣味溫柔包裹著小南。只要有這個，看來夜晚也不會太寂寞。

兩人在路上忽然感受到炫目的光芒，接著有台車子發出轟然聲響從兩人身邊衝過。那是怎麼回事啊？

到了車站，目送蓮走過閘口上了樓梯，小南到便利超商買了這個月發售的雜誌，呼吸著夜晚空氣走到外頭。

夜晚十二點以後，街上的人影相當稀少。那即將毀壞的電線杆旁閃爍著不規則的光線。

當小南經過電線杆的時候，才發現眼前倒著一個人。

有個高大的男性緊抓相機昏倒在地。那明亮的液晶畫面上映照出小南和蓮幸福牽著手的小小照片。

小南完全無法理解這是怎麼回事。她不認識倒在地上的男性，只能確定不是粉絲。

正想著是否該叫警察？這到底是發生了什麼事情？小南呆立當場，卻忽然發現男人身下是一片彷彿水窪般的紅黑色液體。

「呀！」

小南尖叫著後退。

「小南。」

聽見有人喊自己而反射性地回頭，那是經常來演唱會、總是熱情對自己述說「我會永遠支持小南、我會保護妳」的男性。

「我、我會被殺……」

就像那倒在一邊的男人。小南直覺地如此想著。

但是她動彈不得、也無法發出聲音。因為手使不上力，裝了雜誌的便利商店塑膠袋嘩地掉到地上。

「不是啦，因為妳把我關在全黑的地方，我實在看不到情況如何，所以才擔心地跑來了呀。我當然是來保護妳的。」

男人從口袋裡拿出黑色的機械，拉著天線嘻嘻一笑。

「自從那天妳掉了熊熊布偶以後，我就一直在妳身邊喃，我是來保護妳的。我一直在妳身邊，所以不用害怕喃。」

小南現在了解到，幸運不是免費的。

·隨侍你側·

執著之心	20ml
對推崇者的愛情	∞（隨個人喜好）
快折斷的螢光棒	1支
純潔無穢的泰迪熊	1隻
偶像崇拜	一生量

深夜ＯＬ牛丼

今天也和剛結束早班的那女孩換班後，就輪到我上班了。

基本上是時鐘的指針指向二十三點開始一直到清晨為止，我就是「深夜的牛丼」。

在熱騰騰的白米飯上放上以鹹甜醬汁拌炒的牛肉和洋蔥，飄蕩著夜晚香氣的牛丼，而我也是其中之一。

對抗著那有如漆色一般的暗沉深夜，紅燈街區上亮起了旋風般淺薄的性慾和彷彿砂糖般甜蜜的粉紅色霓虹燈。

發出喀喀聲響的高跟鞋強而有力地從被泛黃毛巾包裹的占卜師面前走過，細跟踩過地面的聲音，讓人感受到除了對於生存抱持的慾望以外，也散發出想踢爛世界那種感受。

聚集成一個圓圈高歌的徬徨學生集團。

「我的目標是那個女的，感覺可以順勢外帶。」

「的確那女的感覺很容易就能上了耶，以勝算來說頗有機會？」

兩個男學生坐在離集團有些距離的地方，臉上浮現出陰險而噁心的笑容。

上班族身上的便宜西裝歪七扭八，搖搖晃晃地對部下大聲說些很沒用的自豪之事，還快嘴說著什麼：「我常去的那間店啊，最近新來了可愛的女孩子，你們就跟著來見習一下吧！」部下們似乎都有黑眼圈了，臉上寫著只想趕快回家、根本不想理他。

融合了五花八門思緒的陰濕之處，大家都彷彿念著詛咒般在這裡吐出日常的疲勞、壓力、慾望。

我從容器的縫隙之間眺望著他們。

那個經常會來見我的女孩，染成金色的頭髮捲得相當美麗。那天她穿著輕飄飄的蕾絲裙襬洋裝。

這件洋裝我之前沒有看過，肯定是新買的。她的頭上綁了發亮的黑色髮帶，中間有個大大的緞帶，背著皮製的粉紅色包包。她閃爍著那有如鉚釘般的眼睛，緊緊抱著那胖胖的錢包。那女孩今天也是要去見那個笑容背後充滿虛偽的男人吧。而我今天也是在老舊又骯髒的廚房裡，那便宜又混有雜音的戀愛歌曲聲響當中被製造出來。

人類的工作就算無法滿足心靈，也還是要支付一定的金額。因此我無論有多麼盡心盡力，價值還是永遠不變的日幣二五〇元。就算用筷子把我全部攪在一起卻只留下抱怨；就算是用紅色甜薑將我淹沒到無法呼吸，我的價值仍然是二五〇元。不斷重複著被消耗後又被製造出來。

就算是我不在了，大家也只會說：「這樣啊，那我換成加起司的牛丼。」馬上就有替代品能取代我。不會有人悔恨交加地說：「我就只想吃那個簡單的牛丼啊……！」

特選起司牛丼或者是滋養風牛丼，他們的內在明明和我一樣，只是裝在受歡迎的動畫圖案碗中就驕傲到不行。

在他們接二連三出現之後，新來的孩子又賣得更好而受歡迎，甚至上了新聞而相當受寵。或許他們是因為高貴所以被愛。

在公司創立時就存在的我，價格仍然維持二五〇元，只有那些孩子的價格訂得相當高。明明就是第二泡了，再怎麼說實在是非常醜陋。

唉……好羨慕。我也希望那樣被愛啊——若這麼想就只是悲慘而疲憊，所以我選擇不多加思考地生存。

深夜當中仍然會點名我、稍微給我一些愛的客人們，多半是背負著孤獨的人。或者是其實喜歡其他孩子，但因為賣完了或者準備中，只好無可奈何選擇我的人們。

加班後的回家路上，因為今天也被上司責備「你這麼沒用，光是能拿薪水就不應該不滿！」、而想到明天仍然得去上班就痛苦萬分的上班族。夢想是成為舞台演員的三十多歲年輕男性，結果什麼人都當不成、存款也快要用完了，雖然人生懷抱著痛苦與無可理喻，但仍然得前往大夜班工作。大家都有自己的問題。

這些背負著鬱悶的人們吐出大量的嘆息，並且將我吞下。

我不曾像中午的起司牛丼他們那樣，會有孩子們笑臉盈盈地對他們喊著：「哇～！起司牛丼！我好想吃喔！」

妥協之後選擇我的人，多半會淋上大量的辣醬或者採用一些不可能留下回憶的吃法，結束這一餐。

不過有吃完就算好的了。

有些男男女女，在喝完酒以後的回家路上，說著「似乎有點餓了，吃個牛丼吧」而進門。

其實他們在酒席上已經吃了一大堆炸雞塊和薯條、實在非常飽，但又覺得立刻去搭車揮手道別感覺很可惜，所以隨便找個理由點名我。當然，其實他們根本吃不下，所以壓根不會動我。

就這樣錯過最後一班電車的兩個人，便會挽著彼此的手說：「去旅館吧？」然後離開店家。同時那沒怎麼想工作的打工人員就會立刻咚一聲地把我丟進那無機垃圾桶的深處。

每次我的心都會一毫米、一毫米地慢慢死去。我並非去旅館的墊腳石或者工具，我只希望有人笑著享用我，那就夠了。

如果我是人類，肯定是個重度吸菸者吧。要不要試試那女孩抽的那款香菸呢？我不希望來世仍然是像現在這樣過著根本無路可逃的人生。

不過呢，有時候我還是覺得自己被製造出來真是太好了。

我遇到那個有著漂亮鬈髮的女孩，正好是一年半前。那是個有些涼意、雨水滴滴答答落在柏油路面上的鬱悶日子。

「等我辭掉牛郎之後就在一起吧。但現在為了獨立還是需要資金，所以沒辦法馬上這麼做，但是我愛妳。」

因為在夜晚城市中閃閃發光、最喜歡的那個人這樣對自己說，所以希望他這個月也拿到第一名，那女孩殘害自己的身心、在這片陌生的土地上賺錢，定期來到我這裡。

她絕對不會吃飯配肉，而是用筷子夾起來分開吃掉，這種吃法令人印象深刻。

她每次來都變得更加可愛，或許是因為獨自忍受著針筒和手術刀侵襲自己身體的疼痛吧。

不知何時她的眼睛變大、也多了雙眼皮，那潤澤的黑色眼瞳變清晰了。鼻子變得小而細、也挺了起來。

那女孩就算關掉手機螢幕，也會為了確認有沒有收到訊息而馬上又打開手機。重複了好幾次以後，她就會點開相簿，總是凝視著同一張照片。

在擦到閃閃發亮的黑色桌子上，放了一排形狀獨特的瓶子。那是名為拉森、卡慕、路易十三的白蘭地們。而桌子的另一頭就是笑得相當親密的那女孩及另一個男人。她總是萬分憐愛地盯著這張照片。

就連正在被享用的我都能感受到她那份幸福的心情。

甚至在通過那女孩的喉頭時，我也能聽見她說我沒辦法做什麼，就只能賺錢幫忙他。

那女孩連一粒米都不會剩下，她會非常珍惜地一口口品嘗到最後。所以我喜歡那女孩。

但是，她卻過了好一陣子才來。粉底也遮不住她眼睛下的黑眼圈，臉頰凹陷、瘦到幾乎讓人覺得只由骨骼構成。也沒有帶著那個她總是萬分珍惜、和他成對的粗厚銀戒。

那女孩看著兩人在夢之國度玩鬧時拍的照片哭泣。

「果然一開始我就不可能被愛。」

滴落在螢幕上的眼淚越來越多。坐在隔壁那個穿著連身工作服的中年男性假裝沒看見女孩的樣子，默默吃著烤肋肉定食。

我只能從下方仰望著她壓低聲音哭泣的樣子。

今天就算把我放到冷掉然後剩下來，我也不會責備妳的。

那女孩在家裡或者學校都沒有立足之地，因此逃到了東京。

她孤伶伶地活著，好不容易才遇到了那個王子。

對方不會輕視她、也沒有不懷好意，而是接受她本人。那女孩想要的或許就只是認同真實自我的朋友而已。

女孩依賴起那男人之後，開始用金錢購買與他相處的時間。錢就是兩人的紅線。

然而一旦出現比自己更會賺錢的女人，接待的順序也就越來越後面。

因為這一切太過空虛，接近決心一死的期限時間深夜兩點，女孩那雙滿是傷痕的手，顫抖地用筷子夾起我。

「真好吃……」

那天，那女孩想著這是最後一頓晚餐，但吃到的牛丼實在相當美味，因此下定決心「沒辦法再吃這個牛丼實在太可惜了，還是再多活一段日子吧」而暫緩了腳步。

我確實感受到了愛。

因此若是今天能夠成為某個人活下去的希望，那麼就算要抹滅自己到最後一刻，我也要進入你的胃袋當中，然後重新在這飄蕩著香菸般苦澀香氣的街道上緩緩睜開眼睛。

・丑時三刻・

夜晚街道氣息	20ml
閃爍怪異粉紅色的看板	10ml
醬多牛丼的醬汁	30ml
那女孩的香菸氣息	1tsp
於深夜播放之充滿謊言的情歌	1次

真實存在的攝影機

啪噠。

持續傳來水滴掉落在地面上的聲響。

深夜兩點過後，雖然現在是夏季，但沒有半個人影的隧道仍然有些涼意。

手上拿的攝影機傳出滋滋聲響，這是錄影的時候溫度稍微升高的機體發出的聲音。

石田是個攝影師，主要前往那些傳說中「會有阿飄」，也就是所謂的靈異景點等地拍攝。

這個隧道或許是因為地盤的問題，現在已經無法使用。

過去似乎曾有大學年紀的少女在此失蹤。雖然在附近找到了一隻拖鞋，但完全沒有其他線索，當地也傳聞是因為這個隧道的詛咒。

他默默地錄著。由於有些陰暗，因此他用了百元商店買來的小小手電筒照向前方並往內前進。地面狀況實在相當不好，腳步因為泥濘的泥土而不斷打滑。石田下意識地嘆了口氣。

深夜在地面狀況不好的地方攝影，真的相當疲憊。即使如此，石田認為這片寂靜及夜晚的空氣都讓人感到相當舒暢，所以才會成為拍靈異景點的攝影師。

而且實際上沒有拍到什麼鬼魂也沒關係。他的觀點是，這個世界上的人其實只是享受那個地方可能存在著不是人類的東西那種詭異感。

不過他的真心話或許是看到有些攝影師發表了真正的靈異照片，卻被人責備說這是合成、騙人的之類，就覺得要是拍到太清楚的東西反而麻煩吧。

石田的家就在離此處開車大概三十分鐘能到的地方。

這個城鎮有非常多難以理解的事件，相當適合石田。

六層樓公寓中的五〇三號房。在即將天亮的時間，他揉著充滿睡意的眼睛，將今天拍到的檔案轉到電腦裡。

桌面上整齊排列著以日期和地點命名的資料夾。每個檔案還標上不同的標籤，可見他相當有條不紊。

聯絡用的通訊APP圖示右上顯示了紅色的數字「36」。點下右鍵打開來，是公司的群組，想來應該是一些酒宴上拍的玩鬧照片吧。

「真無聊。」

將堆積的通知都已讀之後，他走向廚房。

沒見過他與什麼人往來，生活上似乎是避開與他人相處。

用微波爐加熱牛奶的時候，檔案已經傳到電腦裡。

拿著裝了熱牛奶的素色馬克杯坐到椅子上，另一手則推著滑鼠，放大剛才丟到電腦裡的檔案。

他一直有個好習慣，就是將馬克杯從微波爐中取出、放在桌上前一定要趁熱喝一口，但今天例外。

「這是眼花吧？」

啪噠。

牛奶因為震動而在馬克杯的內側彈跳了一下，傳出有如浪花的聲音。

他完全沒有喝那剛熱好的牛奶，就把馬克杯放在桌子上，前傾看著螢幕。

「還真的會拍到啊……」

他的聲音有些興奮，表情略帶害怕又是困惑地喃喃說著。

先前他去過很多靈異景點，但始終沒拍到過有那麼回事的照片——而現在，那陰暗的隧道右方清楚拍到一個直直盯著攝影機看的少女。

平常相當冷靜的石田，很難得有些慌張。就連在靈異景點遇上最不想碰到的那種黑社會團體都很冷靜的他竟然如此慌亂，倒是有點新鮮。

「真不舒服，這種東西只會惹麻煩。」

但就算想刪除檔案，也一直發生錯誤而無法刪除。

他心想不然換個方法好了，於是打開影像編輯程式讀取那映照出少女的影像。大概是覺得只要一開始就當成不存在，刪除那部分就好了吧。但無論操作了多少次，始終無法存檔，影片又回到原先的樣子。

多次的嘗試及錯誤下，石田將靜止的影像放大。

畫面中的少女有直直的劉海，兩邊的頭髮剛好在肩上的長度，眼神強而有力，微微上揚的嘴角讓人覺得略帶笑意。無袖的長洋裝下隱約能看到拖鞋。看來左腳是赤腳，但右腳穿著拖鞋。

由於略略身處霧靄當中所以顏色不是很明確，不過她的面貌確實相當端正。照片中的少女一臉平靜，令人完全不覺得是幽靈。

等到終於能將手伸向那杯熱牛奶的時候，牛奶已經冷掉了，表面上還凝固了一層薄膜。

那天石田無法成眠。他將手枕在頭後，靠在床邊直直盯著天花板。似乎非常認真地在想什麼。

就算闔上雙眼，那個少女也無法離開腦海。

他絲毫無法入睡，就這樣看著太陽升起。

等到時鐘的指針轉向夜晚十二點的時候，石田開車出門，前往那個拍到少女的隧道。

他和昨天一樣，在隧道裡徘徊著並錄影。他深呼吸一口氣，就在吐氣的同時開口說話。

「妳在這裡嗎？」

像是回音一般，聲音在周遭迴響著。就像是追著那聲音的語尾，啪噠一聲，水珠滴落在地面。

石田再次朝著攝影機的畫面詢問。

「妳在這裡嗎？」

結果畫面上述地閃過一個白色光芒，一個混著雜音的聲音從錄影機中傳來。

「在！我在這裡！」

是一個略帶天真又溫柔的女性聲音。

「你是誰？」

「我叫石田，住在這個城鎮。」

石田盡可能壓抑著聲音不要拔尖，裝出一副冷靜的樣子來回答。或許是因為相當緊張，口實在很渴。沉默了幾秒以後，畫面上又晃蕩著白色光芒，攝影機傳來了回答。

「我好像回過神來就死在這裡了，我叫雪。」

表示自己叫做雪的那道光線，在畫面中搖搖擺擺之後，或許是解除了警戒，成為人類的樣子。

就和先前拍到的樣子相同，是一個穿著長洋裝的少女。她對著鏡頭揮手說：「有拍到嗎？」那樣子跟世間所描繪的幽靈完全不一樣。昨天的影像中因為有些模糊而看不清楚的右腳拖鞋沾滿泥巴、紅色的帶子也肝腸寸斷。

「我不知道自己為什麼死了，所以才留在這裡尋找理由。」

雪悲傷地說著。她輕撫著自己的手腕，有些困擾地微笑說著：「明明是初次見面，卻在這麼陰暗的地方跟你說話，真是抱歉。」她的脖子上清楚殘留著紅黑色的痕跡。石田看見了以後，忍不住倒抽一口氣。

「聽人家說，好像是身體還沒接受以前就不能成佛！所以靈魂會到處徘徊。」

「妳常被拍到嗎？」

「來這裡的人幾乎都是開玩笑的、要不然就是為了讓自己的戀愛有更進一步發展，所以我實在不太想現身。」

當中就只有他比較特別。總覺得有種令人懷念的氣氛，所以覺得或許可以向他傾訴煩惱。

從那天起，石田每天一點半都會來這個隧道。

透過攝影機，雪告訴他身為靈也是很辛苦的呢。

首先要操縱鬼火，或者是引發騷靈現象6，都需要經過大量的練習。雪盡全力也還是只能發出白光而已。

而且靈拍起來相當不好看，說起來其實它們並不是很喜歡相機之類的。畢竟是死人，臉色實在難看；還有些是皮膚掀開、傷口就這樣敞開著。無論多麼努力，還是會使人感到害怕。她說，所以平常都待在一些人煙稀少的地方。

「但是雪小姐妳在影片裡很漂亮唷。」

「你騙人。」

「真的，所以我才想再見妳。」

「你明明有著讓人無法親近的冰冷眼睛，真是奇怪呢。」

雪又笑著說是開玩笑的啦。

不過口中都是老實話的石田那份率直，拉近了他與雪的距離。

他那雙眼皮內雙、總是像蛇一般銳利盯著鏡頭的眼睛，似乎也稍微柔和了些。

在相遇過了一星期左右，雪開始對石田傾訴自己對家人的思念。

「我的家人在我突然消失之後，已經能過著原本的生活了嗎？我不能離開這裡，所以也沒辦法知道大家的情況。」

6. 在幽靈學中，騷靈被認為是一種鬼魂，它們會造成一定程度物理上的干擾或破壞，比如製造巨大噪音、移動或毀壞物體。

畢竟爸媽是那樣溫柔，肯定現在還是相當消沉。真不希望原先開朗的家人就這樣走上陰暗的人生——雪吐露著心聲。

啪沙一聲，一條花卉圖樣的手帕飄落在他眼前。

「可以的話，希望你能把這個交給我的家人。」

驀地飄來一股肥皂清香，這是眼前看不見的她的氣味嗎？

石田很高興地答應雪的願望。

但是，突然前去拜訪她家然後遞出手帕，反而看起來相當可疑，因此他默默將手帕放進郵筒裡面就走了。

蕾絲窗簾飄蕩的窗戶裡，有位白髮已略略稀疏的男性正在喝著咖啡看報紙。想來應該是她的父親吧。

「欸，我的家人們都好嗎？」

將手帕送到的第二天，雪如此問他。

「家人嗎……」

他苦笑了起來。因為回想起自己的母親。

石田的母親在一個晴朗無雲的午後上吊死了，不清楚理由。她一臉很開心的樣子在空中搖晃。

石田不認識父親。

過去他曾經提過一次父親的名字，但是母親在聽到那個名字的瞬間，臉上露出了他從未見過的悲傷表情，就好像是他打開了一扇絕對不能開啟的門扉。自此以後他再也沒有問過父親的事情。

沒有可以依賴的東西、也沒有能夠仰賴的人，母親陷入了他從沒聽過的宗教團體。但年幼的石田明白母親仍然盡著她自己的努力向石田灌注愛情，因此也不好責備她。

「死亡或許是一種祝福。」

「死了也好呢。」

母親三不五時就會這樣對著他細語。

某天下課後，母親向背著書包剛回來的他這麼說。

「有件事情我只能拜託你。我希望你勒住我的脖子。」

母親的肌膚因失去水分而乾枯、身體也纖瘦到只剩皮包骨，全身毫無生氣，但她的眼中卻閃爍著希望的光芒。

將手放上母親脖子的時候，他感受到有如掉落深海、卻又蘊含某種安穩感的孤獨。

那纖細的頸子就連只是個小學生的石田的手也能圈住，那喉頭透出一絲喘息，咻地一聲如同鑽進門縫的風兒。

「媽媽我就這樣死掉好嗎？」

聽見這略略沙啞聲音的瞬間，他猛地鬆開了手。

之後的事情他並不記得。第二天，母親就上吊死了。

「媽——」他伸出了手。

朝正面望去，似乎就能看見眼前那纖細白皙的頸子上殘留著痕跡、卻浮現出溫柔微笑的母親身影。

但那是不可能的，眼前根本沒有人。

不過雪就在那個位置上，透過攝影機一臉擔心地看著他：「你還好吧？」

或許是因為她頸子上的痕跡，讓石田眼中浮現了母親的身影吧。

兩個人除了談話以外，還會放音樂唱歌跳舞，也經常做些其他事情。他還買了簡單的投影機，在隧道那凹凸不平的牆壁上放電影。

透過攝影機看見的雪經常展現笑容、也會露出悲傷的表情，比身為人類的石田還要常表現出喜怒哀樂。

有一天，他們兩人點起了線香煙火。

兩人份的小煙火才剛點起來，馬上就呼地被風吹熄。兩手都拿了東西的他只能轉向攝影機詢問：「阿雪，是妳弄的嗎？」「呵呵。」裡頭傳來了天真無邪的笑聲。

「真希望能碰到阿雪。」

石田在點起第三支煙火的時候才這麼說著，臉頰上便感受到手摸過的觸感。既冰冷又溫柔，就像是在撫摸第一次碰到的東西、又像是碰觸心愛之人的那種撫觸。

他立刻將自己的手放到臉頰上，但是當然沒有任何東西，就只是自己的臉頰。這讓人感受到煙火熄滅那一刻的寂寥。

不知不覺中，隧道裡的往來已經來到第三週。

他不曾厭倦雪，就像是被附身一般為她盡心盡力。

石田在家裡似乎也想著雪的事情，沒能見到她的時候根本無法集中精神，就像是遠足前的孩子一樣。就連熱牛奶這件事情他都不做了。就只有見到她的時候，會心情安穩地微笑著。

石田就像是明白她所有喜好，不斷給她各種東西。有一天，他遞出了一束滿天星花束，輕巧放在地面上沒有溼答答的地方。

「雖然我有點煩惱是否能送花給死去之人，但我覺得阿雪妳很適合這滿天星。」

「滿天星是我最喜歡的花！雖然我只能看著它，但能這樣看著自己喜歡的花，我真的很開心。」

幽靈無法流淚，但畫面另一頭的雪，似乎就快哭出來般地用手遮著臉。

「我的記憶不太清晰，但印象中最後似乎是被滿天星的香氣包圍著。」

雪就像要探詢自己模糊的記憶，眺望著花束喃喃細語。

那句話讓石田的嘴角有些扭曲起來。

同時，她映照在攝影機當中的身影，伴隨著雜音及畫面扭曲的情況與日俱增。

大約過了四星期以後，攝影機就經常發生開不了機等問題。

雖然試著使用別台攝影機，卻也不太順利。似乎只有現在這台攝影機能夠和雪交流。

電池的續電狀況也越來越差，兩人能在一起的時間越來越短。明明就在同一個空間，生死之間那道看不見的牆面卻阻擋在兩人之間。

最終攝影機只能開啟幾分鐘了。某天晚上，兩人都一語不發地坐著。只有啪噠滴落地面的悲戚水滴聲響。

那是個滿天星星美麗閃爍的夜晚，雪似乎下定決心開了口。

「我一直想著要知道自己是怎麼死的，但是和你相遇之後我才明白是怎麼回事。雖然我這麼說，但可能根本只是寂寞吧。覺得沒有人發現自己死掉，實在太寂寞了。因為你在我身邊，我在這個呼吸困難的黑暗世界裡才能感受到幸福。」

「別說了。」

在她說完之前，他便試著打斷。因為總覺得自己已經能夠想像接下來她會說些什麼。

「但是，也不知道那台攝影機什麼時候就完全不能用了，所以我想在那之前告訴你。」

她用那快哭出來的聲音說著。

「和你相遇以後，我才想著或許就是為了與你相遇，才會留在這個世界上的。看來我的身體也這麼接受著，所以我們就快要分別了。要是在天國重逢，真希望能和你牽牽手。」

她如此說著，向石田露出了至今為止最燦爛的笑容，忽地便消失了。

石田知道眼前那帶著些許體溫的氣息已經遠去。

「那種事情，怎麼可能辦到呢。」

被留在原地的他喃喃細語著。

「我去不了天國。要是有那種地方，我應該會下地獄吧。」

深愛寧靜夜晚的他，再次獨身一人。

今天他也用六百W的微波爐將牛奶加熱一分二十秒。不過原先那素面的馬克杯沒了把手，所以換成透明而有些圓潤感的杯子。

一如往常，聽見微波爐發出加熱完成的嗶嗶聲，他立刻拿出馬克杯，坐在擺著電腦那書桌前的椅子上。

「這樣就完全結束了。」

石田如此說著，啜了一口熱牛奶、嘆了口氣。

「就連魂魄都湮滅了。」

他看著電腦那蒼白的畫面，寂寞地笑了笑。

「沒想到終於還是出現了，明明都已經是八年前的事了啊。」

石田從眼前那一排小木箱裡，取出了已成乾燥花的滿天星。

「這個隧道裡充滿了令人懷念的香氣呢。話說回來，要是她出現在別人眼前、開始找起犯人可就糟了，真是急死我。」

他站起身，從臥房裡的架子上取出透著褐色光芒的底片。

他透過黃色檯燈的亮光盯著底片，上面是一個橫躺在林木茂密森林中的少女。黑暗與她的白色肌膚和洋裝成了對比。少女美麗的臉龐痛苦地扭曲著。不遠處就是那隧道的入口。

他正是在這裡扭緊了她的頸子。

因為缺氧而充滿痛苦的表情，深深烙印在他的眼裡。那纖細的手腕根本拉不開繩子，聲音也逐漸虛弱。所愛之人永遠成為自己的東西，那種征服感。

從將手放在母親身上那天，他就無法忘懷那種觸感。

他的表情有些悵然，又輕輕將底片放回架上。再次用手撫過那些等距排放的木箱，驟然停在某處。

「接下來去她那兒吧。」

在過往所愛之人沉眠的場所，沉浸於回憶當中與對方對話的時間，實在是無比幸福。

石田將充滿與阿雪回憶的攝影機丟到地板上，拿出了新的攝影機。

·再會了來世再見·

美麗靈魂的消滅	30ml
沾染殺意的負片底片	2格
幸福與感謝的滿天星	1支
戀愛致死量	1次量
那女孩的靈魂	1條

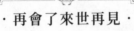

想當年的冰淇淋蘇打

今天是誰在桌上寫著什麼樣的文章呢？

就算閉上眼也能聽見那翻動紙張的聲音。

這裡離都會有些距離，是間位於住宅區中獨棟的老式咖啡廳。

店裡擺著用頗有味道的木頭製成的桌椅。一隻三毛貓在日光灑落的窗邊，咕嚕咕嚕地睡著。那咖啡的芳醇香氣及店內宜人的涼爽，令人忘記現在正值夏季。

這個季節有許多人需要我。

注滿在冰涼的玻璃杯中，澄澈而閃爍著光輝的藍色蘇打水，這就是我了。

店內自製的香草冰淇淋被捲成一球，咕咚放在盛滿蘇打水的冰塊上。將她放在我上頭飄浮著，這間咖啡廳的名產冰淇淋蘇打便完成了。

香草冰淇淋她有些不好意思地向我打著招呼：「我這麼重，老是麻煩你了哪。」她那冰涼的體溫對我來說很是舒適。

人們用冰涼的手巾擦去汗水、聆聽那留聲機迴盪店內的古典音樂，終於感到安穩。

唱盤那略微沙啞的聲音聽起來相當舒服，一下就隔離了外面的世界。

至今我見過許多人。

作詞家、寫小說或散文的作家、單純來消磨時間讀書的人等等，大多是那種學生時代應該是選擇文學院的人。

有位作詞家為了讓那被夏季太陽曬到火燙的身體冰涼些，拿下那由於熱氣而起霧的眼鏡，吸了一口冰淇淋蘇打。低頭的時候將那稍微擋住眼睛的白髮劉海微微撥起，說著「是青春的味道呢」然後馬上拿出鉛筆。

他滿是皺紋的手緊握著鉛筆，迅速在紙巾上寫下「蘇打的碳酸咻地消失於空中，在那之前希望能與你共度青春」這樣的句子。

幾個月後，咖啡廳關上店門才開啟的收音機傳來不知名的偶像團體歌聲，似乎就唱著那句子寫成的歌曲。

「這冰淇淋蘇打真奇妙，越喝越覺得逝去的青春能夠重現。」

下課時間，即將成為情侶的兩個人在公園分享耳機的那瞬間；在屋頂上的夕陽照耀下第一次牽手的時刻……據說無論有沒有實際經驗，大家腦中都會閃過那種曾經希望擁有的青春時刻。

「冰淇淋蘇打讓我看見了深信不疑的美麗青春。每次這種時刻，歌詞就會咚地從腦袋裡冒出來。」

我曾聽作詞家得意洋洋地對咖啡廳老闆如此說著。

就在兩人說話的時候，香草冰淇淋緩緩融化，有一滴流進了我。
融化而逐漸扭曲的香草冰淇淋，那樣貌能說是美麗嗎？

一個平日下午，有位女性來訪。
她穿著淺黃綠色的針織外套，頭髮綁在後面，算是頗為美麗的女性。
「冰淇淋蘇打……」
那位女性完全不看任何人，只以細小的聲音如此告知老闆。
當我被放在她的眼前，那女性便從手提包裡拿出已經破破爛爛的筆記本。
她相當珍愛地摸了摸筆記本，一頁頁翻開。
我也一起看著那些翻過去的紙張，上頭寫的文字，我有印象。那已經是十多年前的記憶了。

那天是星期三，有對應該是高中生、穿著制服的男女在傍晚時來到。他們的制服比自己的身體大上一圈，可能是新買的吧。

「有冰淇淋蘇打耶，好可愛喔，我想點這個。」

「那我也點這個。」

男孩子似乎不太習慣來咖啡廳這種地方，看起來有些緊張、眼睛咕嚕咕嚕轉著環視四周。

那天之後，兩個人總在星期三到店裡來。

「最近麻里子告白了，順利的話她放學就不會再跟我一起回家了呢。雖然也很開心，但還是有點寂寞。欸，你沒有喜歡的女生嗎？」

「我對班上同學沒有興趣。」

「那不是你班上的人呢？」

就像是為了讓人不要太在意男孩那紅了起來的臉龐，我被送到兩人面前。果然女孩子馬上盯著眼前閃閃發亮的光芒。

「每星期喝這個，是我活著最快樂的事情。」她開心地笑著。

她看起來那樣開心又興奮，男孩子似乎看呆了。這男孩一定是在戀愛吧。

女孩用湯匙挖起一勺香草冰淇淋，正打算送往嘴裡而將湯匙靠向臉龐的瞬間，咚地掉了一滴。

「啊，對不起，弄髒筆記本了。」

桌上放著一本筆記本。

「接下來輪到你寫了，這下就多了香草香氣囉。」她用紙巾擦掉冰淇淋以後，將筆記本推向男孩胸口。

沒錯，這是他們兩人的交換日記。

他們似乎每星期都會來這裡喝冰淇淋蘇打，然後將筆記本拿給另一個人。

將筆記本交給對方之後，他們就會一直聊著學校發生的事情、考試排名、小說與漫畫的話題等等。每到星期三我都想著，你們趕快交往就好啦。

連同冰塊一口喝下冰淇淋蘇打，當時那名少女、現在的女性將古老的筆記本翻到最後一頁。

那是有些不漂亮的男孩字跡，寫下最後的一句話——我一直都喜歡著妳。謝謝。

「我要止步不前到何時呢？明明應該很幸福啊。」女性將無名指上那有著小小鑽石的戒指稍微轉了轉。

「我那時候怕到不敢去探病，根本沒辦法說出自己的思念，到現在還是好後悔。」

那男孩是身體不好嗎？

她用湯匙猛然將融化到一半的香草冰淇淋攪開來，整杯冰淇淋蘇打都變得混濁。融進了香草冰淇淋的蘇打水氣泡幾乎要溢出杯子。

她一口氣喝完以後，走出店門。

不知過了幾個季節，他仍會前來這間咖啡廳、始終書寫著那令人心痛的纖細愛情，現在又如何了呢？

每個星期五傍晚，他一定會坐在店內深處那唱片機右邊的座位。

不知何時起，那裡就是他的專屬座位。而他每次都會點冰淇淋蘇打。

他總是穿著豪無皺褶的POLO衫、皮帶也繫得緊緊的，頭髮相當清潔整齊，乍看之下非常樸素，但是拿下黑框眼鏡之後，細長的眼睛和直挺的鼻梁卻是那樣美麗。他是相當一板一眼的男人，每個月都會帶小點心來送給老闆。

他每次來的時候，都會從包包裡拿出削尖的鉛筆寫信，那是上下都印了貓咪圖樣的便箋。

有天他的信件內容是這樣的。

八月十五日。

今天水泥地上傳來的熱度，燙到令人覺得它是不是打算讓我中暑。

這麼說來你還記得嗎？那天也是這樣的日子，你忽然說想去江之島，我們什麼都沒帶就去了海邊。

你在海邊相當興奮，絲毫沒多想便脫掉那亮晶晶的學生皮鞋、將潔白的襪子捲起來塞進去，就這樣跑向沙灘。

但沙灘實在太燙了，結果你一臉快哭出來的樣子踮著腳回來，現在想起你那表情，我還是會忍不住笑出來。

就算是因為太熱而感到一切都厭煩的這種日子裡，我還是希望你就像在江之島上露出燦爛笑容的那天一樣活力十足。

還有一天他的信件內容是這樣的。

十一月八日。

季節稍微轉涼了些呢。

雖然不穿件外套就很難出門，但要把所有衣服換季又挺麻煩的。

說到十一月，我就會想起每年和你一起度過的園遊會。

我們畢竟都不是多努力的學生，與其每天努力準備到太陽下山，還不如在圖書室讀書，你還記得嗎？我們就是因為聊到這件事情，所以才熟了起來。我們一起假裝要去丟紙箱，躺在有些灰塵的倉庫軟墊上，談論著喜歡的書籍，那時間是任何東西都無可取代的寶物。

那間倉庫對沒參加社團的我們來說，就像社團教室吧。不知道現在還在嗎？

你現在還能讀很多書嗎？

希望你能讀著喜歡的書，過得幸福快樂。

這到底是什麼信呢？

我每星期都看著那寫在便箋上的文章。

很奇怪的是，那便箋似乎沒有寄出去，他就這樣一直寫下去。

要是最後面有寫個什麼「我喜歡你」之類的我還能稍微了解狀況，但他並沒有寫下那種表達愛意的語句。只寫著希望你過得好、希望對方幸福之類的祈禱話語。

有一天他泫然欲泣地擦拭著我玻璃杯上的水珠。

「在那片藍天的另一頭，你還是帶著笑容生活嗎？」

他喃喃說著，用兩手溫柔的包裹著我的玻璃杯。

感受到他雙手的溫暖，我輕輕說了聲對不起。

大家都在我身上投射天真無邪的浪漫，但我有時候會有背叛他們的心情，因此也覺得有些抱歉。

我也不是自己想閃爍著如此清新的藍色光輝，所以大家把自己的願望和幻想都強加在我身上，說老實話我也很困擾。

把「愛應該是這樣的」理想推到我身上，真是令我厭煩。

我無法忍受了，哎呀，我真想馬上弄髒這片藍色、用力抱緊妳然後融為一體，但這想法也只能隨著炭酸氣泡咻咻地噴出去。

真希望能看見人類心底潛藏的醜陋和慾望，畢竟大多人類都是自私自利的貪婪之壺吧？

在這滿盈著純愛的桌上，我真想把妳弄得亂七八糟，等著親愛的妳融化實在是等到不耐煩。

拜託你，千萬不要用湯匙搶走她，拜託你們更專心點寫文章或者聊天。

那緩緩融化的香草冰淇淋，無可奈何地一滴滴融進我之中，甜甜蜜蜜地進來了。

一開始還紅著耳朵害羞，慢慢就會大膽地融了起來。獨占內向又害羞的她，正是我的生存意義。

那些假裝沒看見香草冰淇淋融化在蘇打水當中、顏色變得一片混濁的玻璃杯，根本沒有喝就結帳離開的人。

拜託你們就默默離開吧。

我絕不會讓任何人來妨礙我們相愛的時間。

氣泡逐漸散失、融化到失去形體，我們獻出自己愛情的時間，是只屬於我們的。

喜好純愛的人，想來也不忍盯著這顏色混濁的玻璃杯看吧。

這樣很好，這正是我的希望。在扮演清純角色的殘生裡，就讓我維持一些自我的時間也好吧？

·愛的洪流·

融為一體的悖德感	40ml
蟬褪的夢幻與憂鬱	2tsp
不被慾望沾染的冀望	1次
深刻執著的青春	1次
藍色蘇打水與融化邊緣的妳	適量比例

三角蛋糕的空襲

聖誕節將近，街上滿是閃閃發光的燈飾，百貨公司的珠寶區域充斥著情侶或男性。

參雜著叮叮噹開朗聲的背景音樂渲染了整個城鎮的空氣，那些來勢洶洶擺出正是銷售大好時間的熱鬧店家，填滿了大街小巷。

這是個充滿金錢氣息的季節。

不知道是誰打造出「聖誕節是特別的日子」這個機制，在這如此寒冷的季節到處充滿了硬是逞強表達「我們是幸福的」人們，我實在不太喜歡。

真想關在家裡躲避這些喧囂。我甚至想逃到夏威夷之類的地方過冬，但又不能如此。畢竟這時期的打工薪水比平常高。

而且就算是那些一般錄取打工人員的標準比較高、只僱用可愛女生的店家，在這時期也會因為特別忙碌、而且那些有男朋友的人無法輪班，所以會招募許多短期人員。

我頂著僵硬的笑容站在店面。就在那陳列著絲毫不懂汙穢、純真無瑕的雪白蛋糕櫥窗前，將這份天真賣給過路人換錢。

「白井小姐不像小綾她們那樣穿聖誕服裝攬客嗎？」

四十多歲、後腦勺頭髮稍嫌稀薄的男性短期員工組長對我說著。

「難得聖誕節嘛，氣氛上就當個遞交幸福的聖誕老公公。畢竟白井小姐也還年輕啊，我覺得應該很適合。」

我不知道他是跟我客氣、或只是想看年輕女孩子們穿著迷你裙聖誕老公公服裝的樣子，但我只想要在後場默默地裝蛋糕然後默默過完這一天。真是多管閒事。

「我不用啦，實在不太習慣。」

「妳這麼年輕，很可惜呢。」

男性忿忿地說完便回去自己的工作崗位。遠遠便看見他說著：「小綾啊，辛苦了。外面很冷吧？託妳的福，蛋糕賣得很好呢。」還同時用那肥胖的手指不經意地滑過那個叫小綾的女孩子肩頭。

噁心死了。

真想早點回家，但為了錢也沒辦法。不付學費就沒辦法上課了。

看著接二連三出爐以後妝點在櫥窗裡的蛋糕們，乾涸的心靈也逐漸恢復些色彩。或許是因為聖誕節而特別賣力，那比平常還要豪華的鮮奶油彷彿藝術作品般蜷曲在蛋糕上。

盯著有如寶石般五彩繽紛的美麗水果和鬆軟的海綿蛋糕，時間很快就過去了。

蛋糕的新鮮度非常重要。不在當天吃掉的話，很容易就變糟。為什麼越是美麗的東西，就越是短命又虛無縹緲呢？

幸運的是那些剩下的蛋糕，會讓打工的女孩子們分一分帶回家，我甚至打從心底希望有剩。

就算知道這樣的量一個人根本吃不完，我還是將蛋糕們接二連三裝進白色紙盒裡，盡可能在帶回去的時候不讓它們變形。

「辛苦了！」

說完這句話，也將那些不會再次見面的臉龐從記憶中抹去。

回家路上，白色雪花就像要為我疲勞的身體加油打氣般輕飄飄地落下。彷彿要安撫我的心靈，那棉柔雪花在碰到我的瞬間便融化了。

「哎呀，得趕快把晾起來的衣服收一收。」我加快了腳步。

有些人說累壞的時候會馬上睡著、反而沒有食慾，但我並非如此。吃甜食才能讓我空洞而孤獨的心靈大洞感到滿足。砂糖嘩啦啦地修補我這個漏洞百出的人。

到了家打開電燈，為了溫暖在冬季氣溫中已經冰透的房間，我也開了空調。把吸取大量室外空氣的衣服脫下來丟進洗衣籃裡，我換上家居服。

打開那小心翼翼保護回家的箱子，能夠照亮我心靈的美麗蛋糕們探出頭來。

放上剝皮栗子的黃色蒙布朗。底下是烤到金黃酥脆的塔皮，有如霜淇淋般繞成漩渦狀的栗子奶油下隱約可見奶黃醬。

飄蕩出成熟微苦香氣令人心動不已的巧克力蛋糕。鮮奶油比例稍高的可可奶油包裹著棕色的海綿蛋糕，上頭還放著撒上金箔的巧克力。

無數蛋皮與鮮奶油重疊的千層蛋糕，光是看著那美麗的斷層側面，想到做這蛋糕要花多久時間啊？就覺得簡直要昏過去了。

烤起司蛋糕的特徵就是外側的起司烤到金黃酥脆，濕潤又濃郁的奶油起司賦予它重量感。

旁邊的生乳酪蛋糕有著如同布丁一般的彈性。

水果塔的塔皮上，紅、黃綠、黃色和橘色等五彩繽紛的水果閃閃發光。最後是象徵聖誕節，用純白色鮮奶油包裹海綿蛋糕之後，妝點可愛的紅色草莓的三角蛋糕。

說到蛋糕，就是這款了吧。

看著桌上充滿夢想的蛋糕一字排開，我忍不住笑了起來。就像是個擺滿了小小幸福的城堡正在等待我的到來。

彷彿有人在我身上施了魔法一樣，原先的疲勞早就飛到天涯海角。只有這個瞬間，我會覺得或許聖誕節的確是個幸福的日子。

拿起亮晶晶的銀色叉子，將盛滿女孩子可愛感的蛋糕切成一口大小。蓬鬆的海綿蛋糕和奶油是如此柔軟，真令人感到有些抱歉。

「聖誕快樂。」

在這只有自己一人的房間裡小小聲說完之後，就把蛋糕放進嘴裡。

首先是巧克力蛋糕。略帶濕潤、可以感受到酒精的苦味，是提拉米蘇那種海綿蛋糕。和濃郁的微苦巧克力糅合在一起，幸福一口氣湧上。「對我來說，聖誕老公公的確也是存在的呢。」我一口一口吃下。

雖然大口吞下實在很浪費，但蛋糕通過喉頭的那一瞬間實在幸福無比。巧克力一下子就消失在胃中，用嘴唇拾起殘留在叉子上的巧克力奶油，這幸福還不會止息。

蒙布朗要最先吃掉栗子，我喜歡這樣吃。接下來就由上往下前進。一開始是栗子奶油的甘甜毫無顧忌在口中延伸，最後用塔皮堅實地結束。極端甜蜜的蛋糕們在我的舌頭上跳舞，我的心也雀躍著。

水果塔，融化的砂糖就像蘋果糖那樣包裹著寶石般的水果，用叉子插起對著天花板的燈光看看。

閃閃發亮，讓人想起以前母親買給我的那裝有寶石項鍊的點心，那時候我對於可愛的東西能讓自己更加可愛一事深信不疑。

不知何時起，我開始認為能夠拿著可愛東西的，就只有外表與那些東西相襯的人，像我這樣不漂亮的女孩拿著也只是更顯自己醜陋，反而無比空虛。

我是在國二的時候發現這件事情的。

這個世界上有那種你不能夠與之為敵的人，而在我的國中裡，也有那種女孩子。大家心知肚明，要是違背她就會成為全校霸凌對象。

那女孩子單戀的人，是和我住在同一個社區裡的青梅竹馬。我這青梅竹馬非常遲鈍、腦袋裡只有劍道，絲毫不懂女人心。

有一天，在走廊上有人喊住我：「白井！妳等等！」

我原先朋友就不多，唯一的朋友因為發燒休假，正要孤零零地過午休。所以會喊我的也就只有他或者老師了。

「妳忘了帶便當吧？早上遇到妳媽，她就拿給我了。」

他滿面笑容地將包著手工淺藍色帕子的包袱遞給我。

等他跑掉以後，後面卻傳來說話聲。

「噁心死了，醜八怪還敢得意洋洋。」

那是有人從我旁邊經過的時候故意說給我聽的。

第二天我就開始被霸凌。

只要經過別人旁邊，就會聽見「醜八怪」、「去死啦」，東西也經常不見。在男女分開的體育課上，完全沒有人要跟我一組。我去廁所的時候，書桌和椅子也不知道被誰拿走，座位就這樣消失。好不容易等到上課鐘聲響起，回到座位上卻發現桌子被油性筆畫得亂七八糟。

「看上去就跟妳那腫起來的眼睛、豬鼻子跟噁心的嘴角很像吧？」

幾個女孩子嘻嘻笑著。偏偏這些女孩子在男孩面前總是裝成友善的好孩子，因此都很受歡迎。

雖然神說做壞事的人會遭報應，但根本不是這樣。那只是一種謊言，用來拯救像我這種無可救藥只能嫉妒他人的人。青梅竹馬完全沒發現原因在他身上這點，讓我感到很不高興，所以我開始避著他。

本來他還覺得是否自己做錯了什麼而來跟我道歉，之後也逐漸不講了，後來就完全不連絡。

在我沒注意的時候，聽母親說他已經去住在運動科系相當有名的高中的宿舍裡。那時候我還覺得，不用見面真是太好了而有些安心。

在這樣的國中時代，同時是班長及學生會長的那位男同學，一直都沒有無視我，正常地與我相處，所以我在畢業典禮結束後告知他我的愛慕。那是我的初戀，也是我第一次告白。

這個人或許不會歧視他人，畢竟他是如此溫柔對待我的人。我想著就算他拒絕了，至少我也要告訴他自己的心意。

結果他大笑著說：「抱歉，我真的不喜歡胖子。雖然是為了推薦信所以老師叫我照顧妳，但交往真的不行啦哈哈哈。」然後就跑掉了。

「白井跟你告白？笑死人。」

「不然就交往看看啊？很難得有跟這種醜八怪交往的機會耶。」

那些嘲笑聲連我都聽得見，真想塞住耳朵。他們隨意說的話就足夠成為我一輩子的陰影了。

或許是因為吃了太多甜膩的奶油，不管是草莓、藍莓還是奇異果，全都好酸。

肯定連那個組長也覺得我是個胖子醜八怪。一定是比較過後覺得我才不像其他女孩子那樣，適合穿可愛的衣服，所以根本一開始就沒有給我聖誕老公公的衣服啊。為了壓下悲傷與憤怒，我嚥下最後一口水果塔。

無論如何努力，就是沒辦法變可愛。天生就是令人討厭的矮鼻子、腫脹的輪廓、因為濕氣而軟趴趴的劉海。無論如何多想變可愛，就是不適合化妝。我也沒什麼錢能買專櫃化妝品，也沒有男生說我可愛，他們的眼裡根本沒有我。

雖然看到那些朋友間表面上和和氣氣彼此稱讚「哎呀～好可愛！」的

人就覺得實在相當愚蠢，但我連加入那種圈子的權利都沒有。

遠遠嘲笑她們也只是因為嫉妒那些比自己可愛的女孩而彆扭著，其實心底羨慕得要命罷了吧？要是真的沒有興趣，根本就不會希望有人對自己和和氣氣、也不會對她們懷抱著負面情緒。

不行，這樣想下去我的腦袋裡都是討人厭的念頭。還是趕快享用眼前的幸福，要吃到沒空思考才行。

切斷千層派那斷層的奇妙感受讓我的內心安穩了下來，重重疊疊的漂亮層次也在咀嚼下四分五裂最終融為一體。

好甜、好幸福、好甜、好幸福。

就只有在攝取美麗蛋糕的時候，會有種完全成為女孩子的感覺。糖分提高了自我肯定。

要是我長得夠可愛。

要是我就像電視上那女孩子那樣體型出色、面貌可愛。

是否就不需要像現在這樣，在聖誕節一個人悲慘地一直吃蛋糕呢？

是否就不需要聽到自己喜歡的人說那些過分的話，可以和其他人一樣戀愛交往、下課後在某個公園牽著手散步、分享彼此喜歡的音樂呢？是否就不用被霸凌到最後一刻？我是否就能喜歡自己，也不用被爸媽拿來和妹妹比較、而能一直被愛呢？

妹妹生來就有著與我有些相似卻又不太一樣的美麗容貌，大家都愛她。對妹妹說「真可愛」的話，連我都聽到耳朵長繭了。

就算吃一樣多東西，妹妹也不會胖，她的腿長又直、手腕也纖細到彷彿會折斷，是那種會被模特兒公司挖角的體型。她對於自己的容貌也沒有什麼煩惱，能夠輕輕鬆鬆對他人表現出體貼和溫柔。

而且她的腦袋也很好、成績相當優秀，所以爸媽更加重視妹妹，只要我抱怨些什麼，肯定都會用「和妹妹相比，妳實在……」當開頭。

「妹妹不用上補習班也是成績那麼好，為什麼在妳身上花了這麼多錢，妳成績還是這麼差啊？」

母親總是不耐煩地數落我。

每天早上來接妹妹的，都是些看來教養良好的朋友。親戚送給妹妹顏色明亮又華麗的粉紅色手提包作為伴手禮，卻下意識地說「姊姊比較適合其他顏色嘛」來傷我的心。

但這樣的妹妹，卻仍然待我是唯一的姊姊並且喜歡我。她發現我受了傷害，對待我時總是更加溫柔以免我受到更多傷害。

但這反而讓我更痛苦。如果她冷酷對待我，就像是國中時那些欺負我的人一樣的話，那麼在我心中對於妹妹的嫉妒之心也就光明正大了。

這樣簡直就是我不僅外表，就連心靈也是醜惡的這件事情被鏡子映照出來一樣。

眨眼瞬間，那彷彿支配夜空的陰暗負面情緒完全覆蓋在我的心靈上。不行，別想了。將手伸向烤起司蛋糕的瞬間，卻莫名閃過不安：「吃這麼多又會更胖了。冬天穿很多衣服也就算了，之後要怎麼辦？」

但不吃的話，過去的陰影和厭惡自己的念頭又會繼續破壞我早已瀕死的心靈。

混合了眼淚和鼻涕的起司蛋糕甜甜鹹鹹。

這樣根本就吃不出材料的味道了。我就只是把東西吞下去、讓甜食通過喉頭，維持腦袋輕飄飄的，只有重複這些行為才能保有自我。

魔法就快解除了。就算魔法解除了，也沒有那個尋找我的王子。我不會像灰姑娘那樣被愛。

越是保護自己，我的容貌就越是醜陋。就連那些原先彷彿為我帶來幸運的天使蛋糕，現在看起來也就只是惡棍們。這些蛋糕肯定是用閃閃發光天真無邪的眼光看著我，想讓我墜入地獄吧。

不安、不安、不安。

我不想再吃了，但是不吃就不會幸福。

喀鏘一聲，電視螢幕裂了開來，舞台上笑得開開心心的藝人們臉上出現雜訊。

我下意識丟出的手機在空中滑翔，朝著電視機飛去，手機螢幕也綻開了漂亮的裂痕。

這樣一來就不能看爸媽很偶爾才會傳給我的訊息了啊？盯向那完全轉黑的手機畫面，映照出的是自己因為淚水而髒兮兮的面孔。

好痛苦、好難過、好想結束。

雖然我希望有人能阻止我，但我的人生當中完全沒有出現過這種人。

如果我只有自己這個夥伴，那就只能吃了。

用手將粉碎的塔皮碎片收集起來，硬是塞進嘴裡。加了許多牛奶的奶茶早已涼掉，一口氣將碎片沖進胃裡，忽然一陣放鬆。

「我到底在幹嘛啊？」

看著天花板。房間的溫度不知不覺升得太高，空調那溫暖的風稍微融化了最後一片三角蛋糕的鮮奶油。

我惶恐地將最後的希望放入嘴裡。

潔白而甜蜜的鮮奶油，彷彿能消除這世上所有汙穢，但與外觀不同，它就像結實而沉重的雲朵滑過我的喉嚨。彷彿低氣壓造成的倦怠感，恐怕是因為吃太多了吧。

叉子將那生前美麗的奶油以不成原型的樣子丟進我的嘴裡。

吞下所有黑暗，但它們卻沾黏在我的喉嚨上不肯滾落到胃裡。

我用叉子抓起剩下的草莓，鏘地一聲彷彿要刺進桌裡。四賤的草莓汁液染紅了我原先潔白卻鬆垮的T恤。

一口吃下草莓。那結實的紅色硬塊穿過我的喉嚨，掉落進塞滿聖誕節甜甜蜜蜜夢想蛋糕的胃裡。

我很清楚它在胃中彈跳了一下。雖然我看不見它，不過肯定是在我充滿了純白色奶油的體內，彈跳噴發出有如噴水池般的水花。

遠遠地似乎傳來消防車低吟般的警報，附近發生了火災嗎？

一不小心和電視旁鏡子裡的自己對上了眼。

忍不住哭了出來。

馬上陷入要不要催吐的恐懼。

如此痛苦之下獲得的幸福我實在絲毫都不想放過，卻違背自己的願望奔向廚房。一定要吐出來才行。

將自己的手指有如魔杖一般揮舞，任由原先塞在肚子裡閃閃發光的我的夢想都自喉頭流洩出來。望著自己紅腫的手背，心想要是會用魔法就好了。

那穿越鮮奶油雲朵投擲下去的草莓，一口氣讓我吐出了所有的東西。彷彿沉重的天空般豪無生氣的水槽裡，瞬間堆滿了有如積雨雲般的混亂。

「唉，今天就這樣結束了。」

空虛的眼睛跟著時鐘指針跑，發現已經過了半夜十二點。

我也沒洗澡就窩進棉被裡沉睡。

那個夢真的很棒，我穿著以前相當憧憬、有荷葉邊的洋裝，頭髮捲捲的、被一大堆朋友包圍著大笑。

雖然要伸手的時候就會覺得對方的面容模糊、看不清楚，但有個我很喜歡的人，所以非常幸福。

然而這種我希望它持續下去的幸福美夢，總是會在一半的時候醒來。畢竟就算在夢中，我也會發現自己的人生根本不可能有這種夢幻場景。

用手揉了揉因為哭泣而腫脹的眼睛，看向桌子。

「哎呀，叉子上還有鮮奶油。」

拿起叉子舔一舔。

「嗯，好甜好好吃……」

我實在無法阻止自己繼續攝取那些彷彿裝滿女孩子夢想的甜蜜夢想。畢竟醜陋的自己吃下那些盛裝著美麗水果等物的純白鮮奶油，就像是能成為享用期限只有一天的灰姑娘那樣特別的時間。

憑藉著電視隱約透出的光芒，走向組裝浴室的洗臉盆。

「對了，得刷牙才行。」

·若能成為那女孩·

純白無瑕的鮮奶油	100ml
對那女孩的憧憬	10g
想被愛的心情	1杯
祈禱就會想死的夢	1次
嫉妒與彆扭	一生量

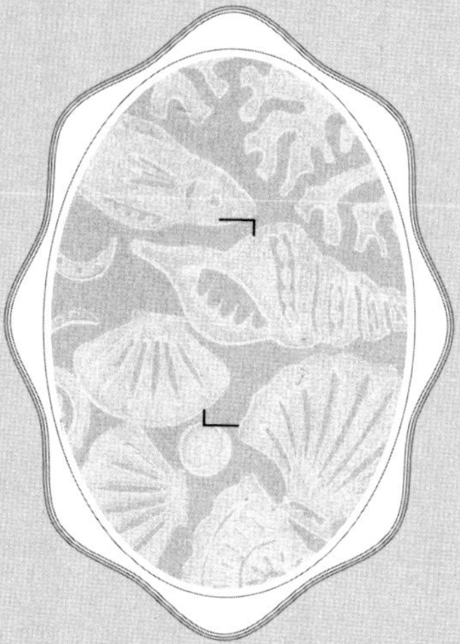

就在介於梅雨及夏季間那短短的季節裡，我一個人被留在那一廚一房約三坪大、房租要五萬七千日圓[7]的房子裡。簡而言之，我被她甩了。

雖然自己被留在這陰暗的房間裡，但很奇妙的是我並不覺得孤獨。或許是因為房間裡到處都散亂著東西，滿到幾乎動彈不得。並不是因為我將脫下來的衣服隨意擺放，或者吃飽飯後的垃圾不好好丟掉，只是單純無法丟東西。

朋友說不要了就給我的模型、衣服、收據、和她一起看的電影票票根、與家人去旅行時從飯店拿到的浴巾。

這些不怎麼樣的東西堆積起來以後，就打造出一個連站的地方都沒有的房間。今天我也為了要不要丟房間裡的東西而和她吵架。平常總是對彼此怒吼，然後在不知不覺間恢復，再兩個人一起到附近的家庭餐廳吃晚餐才對。

但這次不一樣。

我心裡還一直想著，這種吵架的日子反正都是要去餐廳，今天就點義大利麵好了，但她卻忽然不生氣了，一臉悲傷地向我道別後離去。

我一瞬間想阻止她而站了起來，但差點就要踩到地板上那隻狗狗布偶，因而停下腳步。

她就這樣一去不回。

過了好幾天、幾個月，我自己待在房間裡還是不覺得孤獨，但有些

7. 約台幣一萬兩千元。

寂寞。

或許並不是我獨自一人而感到寂寞，是對她的想念讓我有這種感受。

坐下來環視周遭，到處都躺著回憶。

去遊樂園的入場券、在路邊拿到的資料夾。這種寂寞感太過礙事，讓我在自己最喜歡的房間裡度日如年——我終於下定決心要丟掉這些回憶們。

一手拿著四十五公升的垃圾袋，另一手不斷撿起東西往裡面塞。硬是忍著湧上心頭的「好浪費」、「真不想丟」，最後終於把六個裝飽飽的垃圾袋提去了垃圾放置處。

早上稍微賴個床才穿了運動服出門，垃圾袋已經消失了。毫不意外。回到房間裡過了幾天生活，寂寞感逐漸淡薄、那憂鬱的氛圍也消失得乾乾淨淨。完全忘了曾經是我女朋友的人、也忘了回憶，心情清爽真是棒。總覺得身體似乎也變輕了，簡直就像是快感。

我丟不了東西，是因為覺得它們很重要。

那麼為何重要呢？

一定是因為充滿了回憶。

國中上課做的存錢筒、大學社團送別會上拿到的簽名板和禮物、公司新人實習結束後，部長醉醺醺地遞給我的木雕熊。

因為都是回憶所以無法捨棄，但每次看著那些東西，拿現在與回憶中的過去比較，有時又讓人悶悶不樂。

會想著真希望能回到學生時代啊、真想像剛到公司時那樣充滿新鮮感啊之類的。

我咬著牙把那些回憶全都丟掉了。

不斷塞進去、丟掉，每當我看到整袋垃圾被垃圾車收走，就覺得快樂到全身顫慄。

回過神來才發現我的房間已經空蕩蕩。

這就是所謂的「極簡主義者」嗎？這個稱呼據說是在一九六〇年代誕生於音樂和美術領域當中，而且也和日本的「禪」有著共通的概念。

我不懂那些困難的事情，不過只有最少量需要的東西，那種輕巧讓人感到舒適。電視、電腦、沙發、桌子和燈，最近我連房間裡的東西都盡量丟了。

房間裡毫無遮蔽物，聲音就在這三坪大的房間牆壁上反射迴響。

只留下潔白牆壁與白色木板地的空間，讓人感受到前所未有的空曠感。

沒有東西能丟以後，又是一如往常不變的日子。真不過癮。失去丟東西時那種埋首其中的衝動、讓身體猛然變得輕飄飄的那種刺激感，我陷入一種熱情無法揮發的焦躁。

絞盡腦汁想著還有沒有能丟的東西呢？最後終於想到只要丟掉那些會弄出東西的元兇就好啦！

大刀闊斧整理朋友關係。為了讓他們連絡不到我，刪除了通訊軟體，還能連絡的就只有那些不得不連絡的公司人員。

我原本就不是多擅長社交，所以大學時代的朋友們若是傳了訊息來說「週末來聚餐吧！」之類的，即使我不想去，也還是無法拒絕。就算去了也只是覺得疲憊，聊天內容毫無建設性，就只是讓我的錢包變得更加輕薄。

只要身邊有人，總覺得會產生一種不愉快的感覺。

看著那空蕩蕩的電話本和手機畫面，讓我有種和丟東西時不同的愉快感。我的心靈也多了空間。

接下來要丟什麼呢？

我看著自己的手腳。想起從以前就覺得自己體毛過於濃密，相當煩人。

要是我自己需要人照顧的時候，照料我的人看到這麼濃密的體毛，應該也很不愉快吧。

肯定會覺得我什麼都做不了，還不如早點死掉。

一想像起那樣的未來，我的手便不由自主地撥通了除毛診所的電話。

櫃檯女性帶我進了房間，另一位看起來比我稍微年長而溫柔的女性向我說明除毛內容。

我毫不猶豫地選擇全身除毛，畢竟我想完全除毛，所以在了解醫療用雷射會造成的疼痛以後便簽了約。

我躺在比學校保健室那還要難睡的床上，就在聽到機械在自己的皮膚上發出嗶嗶聲響的瞬間，一股彷彿肌肉內部在燃燒般的疼痛襲來。

除毛還真是比我想像的還要痛。那燒焦般的氣味衝進鼻腔裡，還有彷彿永無止盡的痛苦。尤其是鬍鬚之類體毛特別濃密之處，真是痛到我臉都歪了，不過一想到這樣會更加一身輕盈，我又高興得不得了。既然有這樣的樂趣，那麼這種疼痛要再忍受幾次，我也沒問題的。

配合除毛工作，我也將眉毛剃掉、頭髮剃光。這樣一來也不用買洗髮精和潤髮乳之類的東西了。原本以為家裡已經沒有能夠減少的東西，沒想到還能再少兩個，成果真是相當不錯。

沖水以後只需要用沐浴乳將頭到指尖沖洗乾淨。

因為沒有眉毛，所以得小心點不讓泡泡滴進眼睛裡，但幾十秒就乾乾淨淨。

原先我的視力就不差，只是不戴眼鏡或隱形眼鏡就很難看清楚電腦上的文字，所以本來覺得這些東西是無法拋棄了，不過我在公司夏季休假的時候去做了視力矯正治療。這樣一來就能夠不戴眼鏡生活了。

夏季休假過後，我一身清爽的去上班，卻被上司找去。

「你這是怎麼了？頭髮跟眉毛這樣，也沒辦法去拜訪客戶吧。我不知道你是怎麼了，不過有沒有假……裝飾用的髮片之類的？還是戴一下比較好吧。」

上司的眼神看起來不像是生氣，反而是一副見鬼的樣子。

大概是不太想跟我多說話，只說了那幾句就接上「麻煩了」以後就去開會。

「實在相當抱歉。」

沒想到把自己打理得太乾淨居然會惹人不高興。

我已經整理過人際關係，所以周遭的人如何看待我都無所謂。但是要我買什麼假髮，這樣一來又要增加東西才會讓我下地獄。

實在相當不開心，而且感覺今天會加不少班，為了轉換心情就先到外頭的公園休息。畢竟不想浪費時間，所以就帶著晚餐去。自從開始極簡生活之後，我找到的是以均衡調配了必須的營養成分、不管外觀或者口味都毫無任何裝飾但完美無缺的超級飲品。

我坐在自己喜歡的椅子上喝著，卻有人叫住我。

「欸！你過來一下！」

這是我生平第一次被警察臨檢。

「我還以為只要整理完人際關係，就不會因為其他人的行為而感到不愉快呢。」

時鐘的指針過了半夜十二點，工作終於做完了。

將車子停在自家停車場，打開窗戶讓夜風吹進來，我不斷大口深呼吸。

夏季溫熱的風實在無法吹散我煩躁的心情。

因為實在相當不耐煩，我一心想著為了壓抑這種感情，應該要丟點什麼。

但家裡實在沒有東西能丟了。不過我猛然發現一件事情。

「仔細想想車頂不是那麼必要的東西吧。」

這是我辛辛苦苦將薪水存下來，相當有感情的第一台車。但我還是借了工具，把整個車頂拔掉了。

拔掉車頂的那個晚上，我馬上就在駕駛座上仰望天空，星星一閃閃亮晶晶，而且非常通風。我想著反正雨天披個塑膠布就好了，心情彷彿微醺一般幸福地回到房間。

丟在垃圾回收場的車頂被貼了便條紙，寫著「不可作為一般垃圾」，所以沒被收走。

開著通風的車子去上班真是開心，我像個彷彿要去遠足的孩子般浮躁。很難得地還去得來速買了杯咖啡，在車上邊喝邊開車去上班。工作也相當順利，心情真好。

雖然遠遠地看到年輕女性員工看著我這邊在說什麼悄悄話，但我並不在意。

沒了車頂讓我心中那種由世俗框架中獲得解放的舒適感更勝一籌。

但是要回家的時候，卻發現有人丟了湯沒喝完的泡麵碗等垃圾在我的車子裡。

第二天、第三天也依然有人丟垃圾，是有人故意惡作劇吧。

我不想被捲入麻煩事，最後就把整台車都處理掉了。

之後好一段時間我都搭電車上班，但加班會超過末班電車的時間，而且搭電車的話，無論如何都會有種個人空間遭受侵犯的感覺，無可奈何只能走路上班。

這距離走路挺久的，實在是相當浪費時間的方法。

「要是能像家裡馬桶那樣沖一下就能移動的話可就輕鬆了呢。」

如此想著，到頭來我辭了工作。

我光明正大成為無業遊民。

就連工作都丟掉，或許更加符合極簡主義吧。

在家裡也不需要穿衣服，別說是西裝和皮鞋了，我幾乎連自己平常的衣服都丟光。丟東西實在是太開心、太快樂了，這也沒辦法。

相對地，每天都變得無所事事。雖然我有手機，不過就連裡面的東西都盡可能想少一些，所以幾乎沒裝什麼程式。

雖然無事可做並不會讓我覺得痛苦，不過有時候身體就會突然發起癢來、性慾也一湧而上。這應該是生理現象吧。那是一種完全違逆自己意志的衝動。

我的身體有太多不必要的部分，在沒開燈的房間裡面，只有手機的蒼白光芒照亮我的臉龐。

大家一定覺得我是在看那些不忍卒睹的情色網站對吧？但應該說是相反的。

就在那時候靈光一現，我的身體是不是還留有不需要的部分呢？

「喔？三十萬左右就可以切除嗎？」

我凝視著手機畫面，上面顯示的是能夠切除身體那個性慾元兇部分的診所網頁。連上那個給人高級感的酒紅色網頁以後，清楚列出了手術內容、效果以及顧客經驗。或許沒有像我這種因為極端的極簡主義而打算切除男性性器的人，不過還是有一定數量的人會進行切除。

當然我並不是想捨棄自己身為男性這個性別，只是希望能夠排除那個違背我意志、引發生理現象的邪念。

就和除毛的時候一樣，我毫不遲疑地便預約了問診，也馬上就決定手術日期。原先還以為是很麻煩的事情，但手術大概一小時左右就結束了，沒想到當天就可以回家，真是令我吃驚。

我的身體也更加極簡了。

之後我過了好一段悠閒的日子。

窗戶因為冰涼而結露，很自然地滴落水珠。畢竟也沒有窗簾，風從縫隙吹進來的時候會直接吹到我，忍不住起了雞皮疙瘩。

我的心靈就像是純白的四角褲一樣空白，因此開始在白天冥想。雖然存款也逐漸見底，但或許存款清空也是極簡的一種。

我全裸打坐在昏暗的房間中心，獨自度過。在睡眠與冥想之間，隱隱約約一種使命感般的想法掠過我的腦海，若是能將極簡主義這種思想拓展到全世界的話，那麼就能讓全世界都捨棄多餘的東西了。而那就像是神諭一般占據了我整個腦袋。

「我的房間、身體和心靈都如此極簡，那麼接下來的目標，肯定就是社會極簡化了。」

想是很簡單，不過究竟要如何執行呢？

就算走到外頭，向大家吶喊著這種生活有多棒，也不會有任何改變。可想而知會被當成怪人，然後被警察抓走吧。

我環視著幾乎空無一物的房間，又看看手邊的手機才想到，不是只要靠這個就可以發出訊息了嗎？

我試著開啟攝影功能開始錄影，映照出的是一個沒有頭髮、沒有任何東西的瘦弱男人身體。就算實際上是全裸，只有拍到上半身的話應該沒問題。

我開始試著定下不一樣的主題，每次都對著鏡頭發表一分鐘「成為極簡主義者有多棒」內容來拍成影片。只需要一個按鍵就能夠把訊息發送給全世界，真是極簡啊。

雖然要在手機裡存檔讓人不悅，不過最後能讓全世界極簡化的話，勉強可以忍受一下。

之後我每天在固定時間起床、吃下完全食品、冥想過後，在太陽下山前拍攝影片。

持續這樣的生活幾個月後，有名的八卦大站似乎報導了我的影片，因此留言數忽然急遽增加。播放次數也多少增加了一點。

「聽說有個超誇張的傢伙。」

「這樣太瘦了吧？感覺好像恐怖片的角色。」

「腦袋怪怪的，會不會跑去犯罪啊好恐怖。」

雖然有許多惡劣的留言，但他們並不是普通人。不過都是些蠢蛋，沒有發現極簡主義才是人類正常的生活方式。

除此之外，也多少有些讓我看見希望的留言。

「我一開始還覺得怎麼可能，不過的確這種生存方式也不是不行呢。」

「我想揮別厭惡的人生，也想參考這種方式。」

「我想看可怕的東西所以點下播放，不知不覺間卻發現自己去拿了垃圾袋。」

我不知道螢幕另一頭那些被稱為觀眾的人，他們的話語有多少重量。但我覺得只要能夠稍稍引導世界往我的理想前進也好。

我一邊這麼想著，繼續上傳有如水墨畫般毫無裝飾、只明確表達我想告知之事的影片。

雖然還是接二連三有人來嘲笑我，但也開始有人支持我的生活。

不過影片流傳得越廣，事情卻越朝與我描繪的方向不同的地方發展。

起頭是有一位網紅說自己有喜歡的影片製作者，然後到處宣傳我的網址。

那位網紅有許多瘋狂的粉絲。由於喜歡他就要喜歡他喜歡的東西這種不正經的理由，那些信徒也開始推崇我。

如果只是拚命對我說那些無法掩蓋私心的話語也就算了，那些硬說自己是我的粉絲的人，還開始寄東西來我家。

當然也是因為我沒有窗簾，根據四周環境很容易就被找到所在地，而這些資訊全部都放在網路上。

然而真正理解我的思想、有意要成為極簡主義者的人，應該也不會想要送任何多餘的東西給我才對。

也就是說，我的聲音根本沒有任何人聽見嗎？

我悲傷地打開從不同地址寄來的包裹和信封。

「我會支持你的！偶爾也要吃點有營養的東西、休息一下喔。」

「我覺得地址曝光實在很可怕，不介意的話請用這個窗簾。」

「這些打掃工具能夠讓房間更乾淨，請使用後寫些感想。」

這些好意不過是他們的自我中心，絲毫不顧及我的心情，他們究竟有沒有在聽我說些什麼啊？

甚至有時候打開大門，會發現門把上會掛著超市的袋子，裡面裝了便當和營養飲料。

還曾有一次是看起來像高中生的三個男生從窗戶探頭進來鬧著：

「哇！是真的！房間裡真的啥都沒有耶。」

要是只有這樣也就罷了，另外還有聽聞這件事情的電視台把我當成賺收視率的點子，甚至有人來問我要不要出關於極簡主義的書。

但若真出了紙本書的話，那就是增加了一個東西，這可不就完全遠離了極簡主義嗎！真是讓我不耐煩。

原本希望我的訊息能夠讓世間稍微簡化一些，結果卻是相反的。由於我的行動，反而造成人們背道而行，實在出乎我的意料。

不再更新影片之後，擔心我的觀眾們又把更多我不需要的……他們擔心我的那份自我中心給送了過來。

就連我自己也被強迫遠離極簡主義了，這完全是我的錯。我的存在是否就是增加某些東西的觸媒呢？

作為極簡主義者，我最後還能做的，就只有一件事情了。

「再見。」

我的影片停掉以後，據說有人問過房東情況。

聽說年長而一頭白髮的房東是這樣說的：「太田先生早就已經解約囉。」

我是否已經死了的謠言也流傳開來，或許是我看起來精神不穩定，也有人鬧說我是自殺了。

不過，極簡主義至上的我怎麼可能死掉然後留下屍體這個最大的包袱呢？你還沒發現嗎？

我就這樣變成現在你眼前能夠閱讀的狀態。

也就是說，成為沒有肉體、幻想中的概念，就只是這樣。

·標題不明·

成分不明

★結語

——酒村ゆっけ、

正如同這個名字，我平常就是一個人喝酒、過著一成不變的日常，卻有人問我要不要寫寫小說。

雖然我為了拍喝酒日記那種影片而每天都有寫文章，小說卻是個未知的世界。學生時代曾經帶著玩心寫過，但也就那樣。

有好一段時間我都想不出來要寫什麼。

原先想寫一些懷舊的故事，但寫起來就是相當說教，我覺得這樣實在不行，根本不知道要怎麼寫。

雖然我習慣寫食記、表現真實存在的東西，但要無中生有還真困難。

一直想不到要寫什麼，卻收到截稿日的警報而哭了出來。

但我忽然靈光一現，乾脆把我每天的幻想寫出來吧？

平常陶醉在酒精桃花源的時候，我會習慣性地想像著故事，也就是所謂的幻想。晚上喝酒除了看電影，我就只是在發呆，因此會為自己看到的東西添上一些故事。

比方說，看到花瓶中枯萎的花朵，馬上就覺得那花瓶是個墳墓。忍不住思考起美麗的花朵在那裡枯萎、被放在那裡而無人注意的一生。

在便利商店看到會引發不良宿醉的酒罐，就覺得那是要蠱惑我的惡劣男人。感覺就像是他在對我招手，明明決定今天不買，卻又放進購物籃中、為他花錢。結果我就只是個隨招隨來的女人，還是喝了他。

這樣一思考，便回想起以前我只要看到物品，就會賦予它們故事。

學校營養午餐的時間，我實在不擅長和人併桌組小圈圈聊天，所以總是默默地、不想太起眼地吃著營養午餐。為了消磨時間，我看著那被塞進紅色塑膠容器裡的米粒，賦予他們生命、當他們是一家人。這是為了活下去、就算覺得抱歉也得吃下他們的我，和家人被吃掉的白米們的悲劇。

還有那種或許大家都想像過的「如果」系列。

如果現在學校被恐怖份子挾持會怎麼樣呢？從我的座位要怎麼逃跑比較安全？從狀況來想像故事的情況應該也很多——總之我就這樣胡思亂想來消磨時間。

我將不少寫了幻想設定和做夢日記的筆記從抽屜裡拿出來，在微醺狀態下描寫得詳細些，盡可能正確地描繪出故事中的景色。

畢竟是我在潛意識中描繪出的故事，我自己也搞不懂裡面有什麼訊息，或許是有想告訴大家什麼事情。

希望讀了這本書的人能夠一起探究，那就太讓我開心了。

有人願意將這些奇妙的故事讀完，我實在感激不盡。

乾杯。

二〇二一年八月
酒村ゆっけ、

國家圖書館出版品預行編目資料

人魚公主掉到酒海裡/酒村ゆっけ、著；黃詩婷譯. -- 初版. -- 臺北市：皇冠文化出版有限公司, 2024.4 面；公分. -- (皇冠叢書；第5150種)(大賞；159)
譯自：酒に溺れた人魚姫、海の仲間を食い散らかす

ISBN 978-957-33-4136-9 (平裝)

861.57　　113003256

皇冠叢書第5150種
大賞｜159

人魚公主掉到酒海裡

酒に溺れた人魚姫、
海の仲間を食い散らかす

作　　者—酒村ゆっけ、
譯　　者—黃詩婷
發 行 人—平　雲
出版發行—皇冠文化出版有限公司
台北市敦化北路120巷50號
電話◎02-27168888
郵撥帳號◎15261516號
皇冠出版社（香港）有限公司
香港銅鑼灣道180號百樂商業中心
19字樓1903室
電話◎2529-1778　傳真◎2527-0904
總 編 輯—許婷婷
責任編輯—黃雅群
美術設計—嚴昱琳
行銷企劃—蕭采芹
著作完成日期—2021年
初版一刷日期—2024年4月

讀者服務傳真專線◎02-27150507
電腦編號◎506159
ISBN◎978-957-33-4136-9
Printed in Taiwan
本書定價◎新台幣340元/港幣113元